KB001031

내가 잘 하고 있는 건지
잘 모르겠습니다

내가 잘 하고 있는 건지
잘 모르겠습니다

강주원 산문집

비로소

내 선택에 대한 확신이 없어

삶이 불안한 당신에게

서문

1.

대학 내내 '나는 어떠한 삶을 살 것인가?' 하는 삶의 본질적인 고민을 했지만, 답을 내리지 못했다. 물밀 듯 밀려오는 불안감을 못 이겨 남들처럼 대기업을 목표로 취업에 성공했지만, 머물러야 할 이유를 찾지 못해 인턴 도중 퇴사했다.

내가 뭘 하고 싶은지 고민할 시간을 갖고 싶었지만 삶은 그 시간을 허락해주지 않았다. 자아 성찰은 사치였다. 매달 빠져나가는 월세를 내는 게 우선이었다.

새로운 직장을 구하기 전까지 공공기관 계약직으로 일을 하다가, 또다시 밀려오는 불안감을 이기지 못하고 제약회사 영업사원으로 기어들어 갔다. 3년을 바라보고 갔지만, 고작 두 달 만에 뛰쳐나오고 말았다.

월급이 끊겼고 통장이 비었다. 월세를 내기 위해

병원에서 생동성 알바를 했다. 생활비를 벌기 위해
행사장에서 단기 알바를 했다. 매번 일을 찾는 것도
지쳐 좀 더 장기적으로 일할 곳을 찾다가, 내가 졸
업한 대학교 학사운영실의 계약직 일자리를 구했다.
1년의 계약 기간을 채우고 나는 또다시 일자리를 구
해야 했다.

　고민 끝에 나와 가치관이 비슷할 것만 같았던 비
영리 단체에서 일을 시작했지만, 착각이라는 사실을
깨닫고 3개월 만에 퇴사했다. 모아 놓은 돈이 하나
도 없어 급한 마음에 카페 알바 자리라도 얻으려 면
접을 봤지만 나를 위한 일자리는 없었다.

　다행히도 동네 은행엔 날 위한 자리가 있었다. 은
행 청원경찰 일이었다. 7개월 동안 종일 서서 일하
다 보니 다리와 허리의 고통이 나를 괴롭혔다. 앉아
서 할 수 있는 일을 찾다가 공공기관 파견직으로 들
어가 근무를 시작했다.

2.

 그야말로 그만둠의 연속이었다. 하지만 이 모든 과정에서 내가 절대 놓지 않았던 게 하나 있다. 힘든 과정에서도 날 버티게 했던 게 있다. 서로의 고민을 나누는 소통의 장, 꿈톡이라는 커뮤니티였다.

 커뮤니티를 운영하다 보니 시간과 공간의 제약 없이 사람들과 소통할 수 있는 우리만의 공간을 갖고 싶다는 꿈을 꿨다. 하지만 돈이 없었다. 그래서 책 한 권으로 물물교환을 시작해 공간을 만들겠다는 어처구니없는 생각을 했다. 그런데 그 어이없는 꿈은 현실이 됐고, 나는 얼떨결에 카페 사장이 됐다.

 카페를 운영하는 건, 환상을 깨는 과정이었다. 소통의 장을 만드는 것과 공간을 직접 운영하는 건 다른 일이었다. 현실에 부딪히며 3년을 버텨냈지만 더는 쉽지 않겠다는 생각이 들었다. 내 능력 부족이었다. 이리저리 치이다 보니 삶은 무기력해졌고, 그토록 원했던 공간은 안타깝게도 내 숨통을 조이는 공간이 돼버렸다. 다른 돌파구가 필요했다. 그래서 글을 쓰기 시작했다.

글이 모여 원고가 됐고 운이 좋게도 한 권의 책을 출간했다. 책 판매량은 밝히기 민망할 정도로 형편없었다. 하지만 판매량과 별개로 글을 쓰는 행위 자체는 나를 살아 숨 쉬게 했고, 그것만으로도 감사했다.

이후에도 출간을 위해 출판사를 기웃거리다 보니 출판 과정에 관심이 생겼다. 그러다 문득, 출판사에 내 원고를 맡기지 않고 내가 직접 출판을 해도 괜찮겠다는 생각이 들었다. 모두 말렸지만 나는 결국 출판사를 만들었고, 다른 저자의 책을 포함해 총 세 권의 책을 출간했다. 현재는 내 글 또는 타인의 글을 책으로 펴내는 출판사를 운영하고 있다.

3.

긴 버팀과 수많은 그만둠 사이에서도 '나는 어떠한
삶을 살 것인가.'라는 질문을 놓지 않았다. 다른 사
람들이 정의하는 행복이 아니라 나에게 있어 행복한
삶이 뭔지 집요하게 묻고 또 물었다. 덕분에 지금은
나만의 답을 내릴 수 있게 됐다. '자유롭게 선택하고
온전히 책임지는 삶을 사는 것.' 이 문장이 그동안
나를 무척이나 괴롭혔던 질문에 대한 답이다.

나는 선택하고 책임지는 삶을, 말이 아니라 행하는
삶을 살고 싶다. 새로운 시작을 한다는 선택과 과거
의 것을 포기한다는 선택을 용기 있게 할 수 있는 사
람이 되고 싶다. 온전히 그렇게 살 수 있을 때, 난 행
복하게 살 수 있다는 것을 알기 때문이다.

4.

이 책은 뭘 잘하는지 뭘 좋아하는지 몰라, 내가 소중하다고 생각하는 것들을 어떻게 지켜야 할지 몰라 수없이 갈등했던 나의 삶을 담은 책이다. 때론 쉽사리 그만두고 때론 이를 악물고 버티며 했던 생각들을 담은 책이다.

이 책을 쓰기 위해 내 과거의 경험을 모두 끌어 써야만 했다. 누군가에겐 하찮아 보일 수 있는 내 삶이, 어쩔 수 없이 버티느라 지친 누군가에게, 자신의 삶에 대한 확신이 부족한 누군가에게, 내가 지금 잘하고 있는 건지 몰라 힘들어하는 누군가에게 작은 용기가 되길 바란다.

나는 끈기를 발휘하고 있는 걸까

그저 버티고 있는 걸까

1.

내가 공식적으로 끈기 없는 사람이 된 건, 고등학교에 다닐 때였다. 가까스로 들어갔던 기숙사를 3달도 안 돼 제 발로 나왔기 때문이다. 가장 실망한 건 엄마였다. 엄마는 그때부터 날 끈기 없는 사람이라고 불렀다. 시간이 흐를수록 엄마의 말은 맞는 것으로 드러났다. 남들의 부러움을 샀던 첫 회사를 두 달 만에 뛰쳐나왔고, 굳은 다짐을 품고 들어간 두 번째 회사도 두 달 만에 뛰쳐나왔다. 끈기 없는 놈이라는 엄마의 말을 부정할 수 없는 이력을 쌓아버린 것이다.

그 이후에도 시작한 지 얼마 되지도 않아 그만둔 일들이 수두룩하다. 사람들은 그런 나를 보며, 그렇게 끈기가 없어 앞으로 어떻게 살아갈 거냐 꾸짖었다. 하지만 난 내가 끈기 없는 사람이라고 생각하지 않았다. 다만, 원치 않는 걸 버틸 수 있는 능력이 부족한 사람이라고 생각할 뿐이었다. 그리고 때론 그런 능력이 부족해서 참 다행이라고 생각하기도 했다.

2.

주변의 기대를 박살 내고 당차게 첫 회사를 뛰쳐나온 게 불과 몇 달 전 일이었다. 하지만 나는 또다시 입사를 앞두고 있었다. 불안을 못 이겨 또다시 비슷한 업종의 회사로 들어간 것이다.

최소한 3년은 버티자고 다짐했다. 그래야 남들에게, 특히 부모님에게 체면은 차릴 수 있다고 생각했다. 이 회사가 얼마나 힘든 곳인지 소문은 익히 들었지만, 의지로 이겨내지 못할 건 없다고 생각했다. 모든 건 마음 먹기에 달려 있다고 생각했다.

내 두 번째 직장은 제약회사 영업직이었다. 내가 이곳에 들어가고자 했던 이유는 두 가지가 있었는데, 하나는 돈이었다.

돈만 좇는 삶은 내가 원하는 삶이 아니었다. 나는 항상 가치 있는 일을 하며 살고 싶었다. 당장은 그런 일이 뭔지 잘 모르겠지만, 언젠가 가치 있는 일을 찾았을 때, 그 일을 시작하거나 지속하기 위해선 돈이 필요하다고 생각했다. 훗날, 애써 지켜왔던 가치가 돈 때문에 가치 '따위'로 전락하는 모습을 보고 싶진 않았다. 그래서 지금 당장 돈을 모아야 한다는 빈약한 억지 논리를 만들었다. 어쨌든 돈을 벌어야 한다고 생각했다. 별다른 능력도 없는 내가 이 정도의 연봉을 받을 수 있는 직장은 많지 않았다. 돈을 모으기에 이곳은 나쁘지 않아 보였다.

나머지 이유는 끈기였다. 모두가 힘들다고 말하는 이곳에서 보란 듯이 버텨내고 싶었다. 난 남들이 말하는 끈기와 거리가 먼 사람이었지만, 지금부터라도 변화하고 싶었다. '나를 죽이지 못하는 것은 나를 더

욱더 강하게 만들 뿐'이라고 했던 니체의 말처럼, 아무리 힘들더라도 회사에서 겪는 고통이 나를 죽이지는 못할 것이고, 그렇다면 이 시련을 계기로 나는 성장할 수 있을 거라고 생각했다. 하지만 입사를 앞둔 내게, 주변에선 우려의 말을 쏟아냈다. 생각하는 것보다 훨씬 더 힘든 곳이라고 했고, 특히 정신적 스트레스를 이겨내기 힘들 거라고 했다.

남들의 부정적인 말에 흔들릴 여유가 없었다. 공백기는 길어질 대로 길어져 있었고, 주머니에 있는 돈은 떨어져 가고 있었다. 나는 그들의 목소리를 차단하고 내 선택을 지지해주는 긍정적인 말에 집중하기로 했다. 영업직에서 성공한 사람들의 자기계발서를 읽었고, 주인공이 영업직으로 나와 멋지게 성공하는 영화들을 찾아봤다. 그들의 이야기에 집중하다 보니, 나도 할 수 있을 것 같은 마음이 들었다. 쉽진 않겠지만 충분히 버텨낼 수 있을 기라고 생각했다. 이곳은 내가 끈기 없는 놈이라는 오명을 벗게 해줄, 기회의 땅이라고 생각했다.

3.

　신입사원 연수엔 전국의 영업사원들이 모였다. 신입뿐만 아니라 다른 회사에서 이직한 선배들도 모여 있었다. 덕분에 선배들로부터 전 직장에서 겪은 다양한 에피소드를 들을 수 있었다. 예상했던 대로 좋은 이야기는 별로 없었다. 대부분 실적 압박에 허덕였던 이야기, 의사들의 비위를 맞추느라 힘들었던 이야기, 말만 들어도 속이 메슥거리는 회식 문화와 같은 이야기들이었다.

　생각했던 것보다 더 쉽지 않아 보였다. 말수가 유난히 적었던 한 선배는, 전 직장에서 받은 스트레스 때문에 항상 신경안정제를 달고 다닌다고 했다. 한 선배는 퇴사를 막기 위해 비싼 외제 차를 할부로 질렀다고 했다. 이 사람들이 풋내기인 우리를 겁주려고 그러는 건지, 마냥 들떠있는 우리에게 맘의 준비를 단단히 하라고 일러두는 건지 헷갈렸다. 진실이 뭐가 됐건, 시작도 하기 전에 겁먹을 필요는 없었다. 그들이 그랬다고, 나도 그렇게 된다는 건 아니니까. 나는 다를 수 있으니까. 그냥 그들의 경험을 내 삶에 끌어들이지 않기로 했다. 그들의 경험은 그들의 에 피소드로 남겨두기로 했다.

서울 도심 한복판에서 진행됐던 연수는 순식간에 흘러갔다. 짧은 기간 동안 정이 들었던 동기들과 선 배들을 각자의 자리로 떠나보내야만 했다. 선배는 내게, 다음 달까지 이 중 몇 명이나 살아 남아있을지 지켜보자는 농담을 던졌다.

이제는 실전에 뛰어들 시간이었다. 과연 그들의 말 이 진실인지, 그저 우릴 겁주기 위해 했던 말인지 확 인할 차례였다.

4.

 선배들의 말은 맞는 것으로 드러났다. 아니, 솔직
히 그 이상이었다. 선배들의 경험담은 우릴 겁주기
위한 농담이 아니었다. 경험하기 전에 마음의 준비
를 단단히 하라는 일종의 뼈아픈 조언이었다. 아직
외부로 영업을 나가진 않았지만, 사무실 내부의 분
위기에서 충분히 느낄 수 있었다. 무거운 공기가 내
어깨를 짓누르는 것만 같은 느낌이었다. 아무것도
하지 않고 자리에 앉아있는 것만으로도 숨이 막히는
기분이었다.
 연수원에서 만난 선배들이 내게 주의하라 일렀던
게 있다. 혹시나 회사에서 나를 만나면 절대 아는 척
하거나 웃으면서 인사하지 말라는 것이었다. 신입사
원이 웃고 다니면 윗사람들에게 찍힌다는 게 이유였
다. 그땐 참 말도 안 되는 이유라고 생각했다. 그런
데 그 선배를 회사 복도에서 마주쳤을 때, 나는 자연

스럽게 고개를 숙이고 지나가게 됐다. 내가 왜 그랬는지 모르겠다. 회사의 무거운 분위기는 내 고개를 자연스럽게 숙이도록 만들었다.

연수원의 무거운 분위기가 가볍게 느껴질 만큼 회사의 분위기는 차원이 다른 무게였다. 이 비슷한 분위기를 느낀 적이 살면서 딱 한 번 있었는데, 그건 바로 군대였다. 훈련소를 마치고 정겨운 훈련소 동기들과 헤어져 자대 배치를 받던 첫날, 선임들의 무거운 숨소리에 침 한 번 삼키는 것도 눈치를 봐야 했던 그때가 떠올랐다. 거의 다를 게 없는 분위기였다.

그런데 이상한 점이 있었다. 신입사원인 나뿐만이 아니라 사무실에 있는 직원 모두가 입을 열지 않는다는 사실이었다. 팀의 선배들은 출근하면서 큰 소리로 지점장에게 인사를 하고 자리에 앉았다. 그게 전부였다. 농담은 물론이거니와 업무에 관련된 이야기도 없었다. 모두가 각자의 자리에서 침묵할 뿐이었다. 마치 그 침묵을 깨는 게 금기 사항이라도 되는 것만 같았다.

"너 이 새끼야, 이리 와 봐." 출근한 지 한참이 지나 무거운 침묵을 깨는 사람이 나타났다. 지점장이었다. 다행히 나를 부르는 건 아니었다. 우리 팀, 팀장을 부르는 것이었다. '이 새끼'라고 호명 당한 팀장은 지점장 앞으로 가서 두 손을 모으고 서 있었다. 지점장은 모두가 보는 앞에서 팀장에게 폭언을 퍼붓기 시작했다. 팀의 실적이 떨어졌다는 게 이유였다. 듣고 있는 내 몸이 떨릴 정도로 참기 힘든 폭언이었다. 이게 과연 가능한 일인가 싶을 정도로 비현실적이었다. 연수원의 선배들로부터 어느 정도의 압박은 감당해야 한다는 걸 들었지만, 이건 한 차원 다른 압박이었다. 팀장이 모두가 보는 앞에서 저 정도의 폭언을 견뎌야 하는 곳이라면, 나는 앞으로 무엇을 견뎌야 한단 말인가.

한 명으로 끝나지 않았다. 각 팀의 팀장은 차례대로 폭언을 받아냈다. 살벌한 한 시간이 지나갔다. 외부 영업을 위해 모든 직원이 일제히 자리에서 일어나 밖으로 나갔다. 나도 팀장을 따라 밖으로 나왔다.

그제야 직원들은 입을 열었다. 어제 있었던 일, 오늘 해야 할 일, 시시콜콜한 농담을 서로에게 던졌다. 잔뜩 얼어있는 내게 팀장은 "긴장 풀어. 오늘은 나만 따라다니면 돼."라고 말하며 차에 타라고 했다.

갓 들어온 내가 할 수 있는 일은 없었다. 조수석에 앉아 그가 영업하는 병원을 따라다니는 게 전부였다. 그러면서 갓 만든 명함을 의사들에게 드리며 인사를 하는 게 전부였다. 최대한 팀장의 영업에 방해가 되지 않도록 조용히 따라다니는 게 내 일이었다.

영업이다 보니 차로 이동하는 시간이 길었다. 덕분에 조수석에 앉아 팀장으로부터 많은 이야기를 들을 수 있었다. 팀장은 생각만큼 살벌한 사람은 아니었다. 오히려 재밌는 사람이었고 인간적인 사람이었다. 신입사원인 내 긴장을 풀어주려 가끔 쓸데없는 농담도 던졌고, 영업하러 돌아다니다 발견한 맛집에 데려가기도 했다. 그러다 일마 진, 아침에 있었던 일이 맘에 걸렸는지 내게 이렇게 말했다. "야, 내가 왜 우리 팀원들 안 갈구는지 알아? 안 그래도 내부 분위기 험악한데 나까지 애들 갈구면 다 퇴사할까 봐 그래." 그렇게 말하는 팀장이 안쓰러우면서도, 한편 으론 고마웠다.

5.

입사한 지 2개월이 지났다. 내가 담당할 병원을 지 정받는 건, 3개월의 수습 기간이 지나고 나서의 일 이었다. 그때까지는 팀장을 비롯한 팀의 선배들을 따라다니면서 영업사원의 일과가 어떻게 흘러가는 지 보는 게 내 일이었다.

내 머릿속에 정리된, 영업사원으로서의 내 일과는 다음과 같았다. 아침 7시에 출근해서 출근 일지에 내 이름과 출근 시간을 기록한다. 사무실에 도착하 면 청소를 시작한다. 바닥을 쓸고 닦고 책상도 깨끗이 닦는다. 그리고 화분에 물을 주고 선배들이 올 때까지 기다린다. 선배들이 들어오면 일어나서 큰 소리로 인사한다. 그리고 쥐죽은 듯이 조용히 책상에 앉아있다가 9시가 되면 외근을 나간다. 외근을 나가서는 담당을 맡은 병원의 의사들에게 인사를 하거나 그들이 시킨 심부름을 한다. 가끔은 그들에게 점심을 대접하거나 퇴근 시간에 맞춰 그들을 집에 데려다주기도 한다. 의사들에게 점수를 딸 수 있는 행위를 한다면 외근 시간엔 어떤 일을 해도 상관없다. 그렇게 외부에서의 영업이 끝나면 특이사항이 없는한, 8시까지 사무실로 복귀한다. 그리고 지점장의 퇴근 명령이 떨어질 때까지 가만히 사무실에서 대기한다. 9시쯤, 지점장의 입에서 "퇴근해라."라는 말이 나오면 그게 일과의 종료다.

앞으로 내 하루는 이렇게 반복될 예정이었다. 내가 그만두시 않는 한, 내 평일은 이렇게 돌이갈 예정이었다. 가끔은 주말에도 점수를 따기 위해 의사들의 세미나를 따라다녀야 할 것이며, 유일한 휴식 시간인 일요일엔 시체처럼 자거나, 자는 시간이 아까워 친구들과 술을 마실 예정이었다.

입사하기 전, 나와 약속했던 시간은 3년이었다. 이와 같은 하루를 천 번 정도 반복하면, 그렇게 버텨내면 나는 끈기 있는 사람이 되는 것이었다. 과연 내가 이 삶을 버텨낼 수 있을까. 내게 질문해봤지만 자신 있게 대답할 수 없었다. 버텨내기 위한 무언가가 필요했다. 의지만으로 버텨내기엔 정말 쉽지 않은 곳이었다.

6.

"이제 차 슬슬 사야지. 앞으로 네가 직접 병원 돌아다니려면 무조건 차는 있어야 해. 지금은 당장 돈이 없을 거니까 할부로 사."

한 달 뒤면, 팀장의 곁을 떠나 홀로 서야 했다. 가장 먼저 필요한 건 차였다. 하지만 섣불리 차를 사고 싶지 않았다. 대중교통을 이용해서 영업하는 것도 고려해봤다. 고려할 가치도 없는 생각이었다. 대중교통을 이용해 일을 다니는 건 거의 불가능한 일이었다. 그래도 덜컥 할부로 새 차를 사긴 싫었다. 가장 합리적인 건 중고차를 구매하는 것이었다. 차를 사서 쓰다 버려도 아깝지 않을 중고차를 구매하는 게 그나마 나은 방법이었다. 팀장에게 중고차를 사서 영업하는 것도 상관없냐고 물었다. 팀장은 내게 이렇게 말했다.

"왜 굳이 중고차를 사. 영업사원은 의사들 태울 일도 많으니까 웬만하면 새 차를 사는 게 낫지. 그리고 할부로 차를 사면 퇴사하고 싶다가도 참을 수 있다고. 일종의 담보인 거지. 일 그만두면 할부금 갚기 힘드니까 어떻게든 버티게 돼 있어. 그래서 신입사원들이 입사하자마자 하는 게 할부로 차 사는 거야. 너 그만두려고 하는 거 아니지?"

뜨끔했다. 내가 차를 구매하고 싶지 않았던 이유는 차를 담보로 이곳에서 억지로 버티기 싫었기 때문이다. 아니, 어쩌면 버틸 수 없다고 생각했을지 모른다. 두 달 동안 팀장을 따라다니며, 지점장의 폭언을 들으며, 자신의 삶을 비하하는 선배들의 이야기를 들으며 퇴사라는 단어를 떠올리고 있었을지도 모른다.

하지만 퇴사를 하겠다는 결심은 하지 않았다. 3년도 못 버티고 일을 그만둘 생각은 없었다. 팀장에게는 알았다고 했다. 늦지 않게 차를 구매하겠다고 했다. 하지만 수습 기간이 끝나는 날이 다가올수록 나는 직감할 수 있었다. 나는 결국 차를 사지 않게 될 거라는 걸. 버티는 힘이 거의 바닥났다는 걸. 결국, 또 버티지 못하고 그만둔다는 선택을 하게 될 거라는 걸.

7.

하루는, 팀장이 유독 어려워하는 의사에게 방문하는 날이었다. 팀장이 그를 왜 그렇게 어려워하는지 이유는 알 수가 없었다. 대강 짐작은 갔다. 누가 들어도 의사가 너무한 거 아니냐고 할만한, 그런 이유였을 것이다.

의사의 사무실에 도착해서도 팀장은 문 앞에서 한참을 서성였다. 그 의사가 사무실에 있는지 없는지 확인할 수 없었다. 문을 두드리면 될 일이었지만, 팀장은 문을 두드리지 않았다. 대신 무릎을 꿇고 얼굴을 바닥에 대고 바닥의 문틈으로 의사가 안에 있는지 없는지 살폈다. 한참을 끙끙거리며 문틈으로 안을 보더니, 한숨을 깊게 내쉬며 "안 계시네."라고 말했다. 그 한숨이 의사의 부재에 대한 아쉬움의 한숨인지, 안도의 한숨인지 알 수 없었다. 그리고 무안한 표정으로 나를 쳐다보더니 이렇게 말했다. "하, 내가 이 짓을 20년 가까이 하고 있다."

그날도 참 많은 병원을 돌아다녔다. 그리고 차 안에서 참 많은 이야기를 나눴다. 팀장의 가족 이야기, 일 이야기, 회사 내에서 있었던 이야기, 회사 밖에서 있었던 이야기. 그날따라 팀장의 목소리엔 힘이 없었다. 그냥 내가 그렇게 느꼈던 걸 수도.

아무리 재밌는 농담을 해도 내 귀에는 농담이 들어오지 않았다. 무릎을 꿇고 문틈 안을 살피던 팀장의 모습이 자꾸 떠올랐다. 티를 낼 순 없었지만, 난 마음속으로 수도 없이 한숨을 내쉬었다.

8.

하루는, 팀의 과장과 함께 외근을 나갔다. 별로 말이 없는 사람이었다. 도통 무슨 생각을 하고 사는지 파악하기 힘든, 그런 종류의 사람이었다. 그는 가끔 내가 회사의 약을 얼마나 알고 있는지 테스트했다. 그리고 내 대답이 그의 기준에 못 미치면 나를 갈구 곤 했다.

그런 그가 좋아하는 게 하나 있었다. 자동차였다. 특정 브랜드의 외제 차를 수집하는 게 취미라고 했 다. 어디서 돈을 모았는진 모르겠지만, 여러 대의 외 제 차를 가지고 있었다. 기분에 따라 차를 바꿔 가며 영업을 다녔다.

차 말고는 별다른 관심사가 없어 보이는 그와 대화 가 통할 리 없었다. 그도 딱히 업무에 관련된 이야기 가 아니면 말을 꺼내지 않았다. 그날 하루 동안 그를 따라다니며 알아차린 게 있는데, 그에게 이상한 습 관이 있다는 사실이었다. 그는 별 이유 없이 욕을 했 다. 습관처럼 '시발'이라는 욕을 달고 다녔다.

의사가 주차를 대신해 줄 수 있냐며 넘기는 키를 받고 돌아설 때도, 운전 중 다른 차가 정상적으로 깜 빡이를 켜고 들어올 때도, 퇴근 시간이라 당연히 차가 막힐 때도, 지점장에게 어디서 무얼 하고 있다고 보고하는 전화를 끊으면서도 욕을 했다. 그의 끊임없는 욕지거리 때문에 머리가 아플 지경이었다.

욕과 자동차 이야기를 제외하면 아무런 대화가 없었던 침묵의 자동차에서 많은 생각을 했다. 그가 이 회사를 견뎌내기 위한 수단이 자동차와 욕이 아닐까 하는 생각, 한편으론 그가 안쓰럽다는 생각, 이곳을 버텨내기 위해 나는 어떤 괴상한 수단을 꺼내며 살아갈까 두렵다는 생각을 했다.

9.

하루는, 전국 영업 회의에 참여하기 위해 서울 시내의 한 호텔에 들렀다. 수백 명이 넘는 전국의 영업 사원이 한자리에 모이는 시간이었다. 오랜만에 보는 동기들의 얼굴이 보였다. 간단한 눈인사만 할 뿐, 환하게 웃으며 인사하지는 못했다. 그들도 나도 웃을 수 없는 상황에 적응한 것이다.

전국 영업 회의의 분위기는 한 마디로 살벌했다. 목이 조여오는 것을 느꼈다. 누구도 내게 뭐라 하는 사람은 없었지만, 그 공간에 있는 것 자체만으로도 숨이 막히는 기분이었다. 영업 회의 내내 정면을 바라보고 있었지만, 사실 난 허공을 쳐다보고 있었다. 반쯤 정신이 나간 상태로 이 시간이 빨리 흘러가기만을 바랄 뿐이었다.

회의가 끝나고 사무실로 들어왔다. 팀 단위의 회의가 이어졌다. 이 회사가, 이 사람들이, 내 삶이 비현실적으로 느껴졌다. 나는 여기서 뭘 하고 있는가. 도대체 무엇을 위해 이곳을 버텨야만 하는가. 버텨야만 하는 이유가 돈이라면 지금 내게 돈은 어느 정도의 가치를 가지고 있는가. 나는 누구인가.

온갖 본질적인 질문들이 내 머리를 강타하고 있을 때, 옆에 앉아있던 선배가 내 어깨를 잡고 흔들었다.

"야, 너 뭐해. 정신 차려."

선배는 허공을 응시하며 멍한 상태로 있는 나를 걱정된다는 표정으로 쳐다봤다. 정신을 차리고 회의에 귀를 기울이려고 했지만 불가능했다. 내 마음은 이미 이곳을 벗어나 달아나고 있었다. 어디로 가야 할지도 몰랐지만, 어떻게든 이곳을 벗어나야겠다고 생각했다. 그게 내가 살 길이라고 생각했다. 마치 지옥 같았던 하루가 끝나고 집으로 돌아오는 길, 나는 처음의 다짐을 어기기로 했다. 끈기 없는 사람이 되기로 했다. 버팀을 그만두기로 했다. 그래야 내가 살 것 같다고 생각했다.

10.

새벽 여섯 시에 일어나 회사로 향했다. 경비 아저

씨 말곤 아무도 없었다. 매일 아침, 경비 아저씨에게 인사를 드리며 적던 출근 일지는 작성하지 않았다. 곧바로 사무실로 올라갔다. 다행히 아무도 없었다. 나는 책상에 있는 포스트잇에 거짓 퇴사 사유를 적었다. 그리고 그 포스트잇을 지점장 자리가 아닌 팀장의 자리에 붙이고 도망치듯 회사를 나왔다. 집에 도착하자마자 침대에 누워 핸드폰을 껐다. 그동안 불면증에 시달려 잠을 제대로 잔 적이 없었다. 하지만 그날 아침엔, 기절하듯 잠이 들었다.

저녁이 돼서야 잠이 깼다. 괜히 두근거리는 마음으로 핸드폰을 켰더니 몇 건의 문자가 들어와 있었다. 나와 같은 사무실에서 일하던 동기의 문자였다. 다들 당황스러워하긴 했지만, 별 대수롭지 않게 생각하는 눈치라고 했다. 워낙 많은 사람이 들어오고 나가는 곳이라 그랬을 것이다. 굳이 동기의 문자에 답장하지 않고 침내에 다시 누워 천장을 쳐다보며 생각했다. '이제 난 어떻게 살아야 하나.'

끈기 있는 사람이 되고 싶었다. 이를 악물고 버티

는 모습을 보여주고 싶었다. 하지만 버티고 버티다 무너져버리면, 다시는 일어서지 못할 것 같은 두려움에 도망쳐버렸다. 아무런 대책도 없이 나왔기에, 앞으로 어떻게 살아야 할지 막막했다. 하지만 딱 하나 다짐한 게 있었다. 더는 억지로 버티며 살지 않겠다는 다짐이었다.

그들이 말하는 끈기가 이런 거라면, 나는 그냥 끈기 없는 사람으로 살겠다는 다짐이었다. 내 가치와 맞지도 않은 일, 나를 일그러뜨리는 일을 버텨야 사회적 성공이 주어진다면 난 그냥 실패한 삶을 사는 게 낫겠다고 생각했다. 앞으론 내 가치와 맞는 무언가를 찾을 때까지 수십 번을 그만둘지언정 버티지 않으리라 다짐했다. 물론 다짐한다고 될 일은 아니었지만, 다시는 똑같은 실수를 되풀이하지 않기 위해 가슴에 칼을 박는 심정으로 깊이 새겼다. 그리고 또다시 깊은 잠에 빠졌다.

「내 가치와 맞지도 않은 일, 나를 일그러뜨리는 일을 버텨내는 게 끈기일까? 그런 게 끈기라면, 그래야만 사회적 성공이 주어진다면 난 그냥 실패한 삶을 사는 게 낫겠다고 생각했다. 그리고 그 생각은 수년이 지난 지금도 변함이 없다. 끈기와 버팀은 다르다. 버팀엔 억지가 담겨있고, 끈기엔 자연스러움이 담겨있다. 내 가치와 맞는 길을 걷고 있을 땐, 그 길이 아무리 거칠더라도 견뎌내게 된다. 억지로 버티지 않아도, 자연스레 끈기를 발휘하게 된다. 어쩌면 우리는, 끈기와 버팀을 혼동하며 내 삶을 갉아 먹는 일에 내 영혼을 내어주고 있는지도 모른다.」

돈이 안 되면 절대 지속할 수 없는 걸까

1.

내가 도대체 뭘 하고 싶은 건지 차분히 고민해보기로 했다. 지금에서야 이런 고민을 하는 게 조금 늦은 감은 있지만, 지금이라도 이 질문에 마침표를 찍어야 한다고 생각했다. 그렇게 하지 않으면 전과 똑같은 실수를 되풀이할 게 뻔했다. 몇 년을 고민해도 답이 나오지 않던 질문이었지만, 기왕 이렇게 된 거 몇 년 더 고민해보기로 했다.

지금 당장 명확한 무언가를 찾긴 어려웠다. 하지만 내가 추구하는 두루뭉술한 무언가는 있었다. 단순히 돈을 버는 행위를 넘어 그 일을 하는 것 자체만으로도 즐거운 일을 하고 싶었다. 보상을 얻기 위해서 일하는 게 아니라 그 일을 하는 것 자체가 보상인, 그런 일을 하고 싶었다. 수단이 아니라 목적 그 자체인 일, 내 삶에 생기를 가져다줄 수 있는 그런 일을 원했다.

내가 생각해도 정말 한숨이 나올 정도로 모호한 생각이었다. 이런 내 생각을 주변에 설명하는 건 쉬운 일이 아니었다. 내 이야기를 들은 사람들은 다들 이렇게 물었다. "그래서 뭘 하고 싶다고?" 나는 이런 질문을 받을 때마다 "아니, 그냥 앞으로 그런 일을 찾고 싶다고…."라며 말끝을 흐릴 수밖에 없었다. 그런 내게 사람들은 "모든 일은 돈 때문에 하는 거야.", "네가 아직 20대라 뭘 모르는 거야.", "너도 곧 사회에 적응하다 보면 알게 될 거야."라며 내 이상을 짓눌렀다.

그들의 이야기에 반박하고 싶었지만 반박할 수가 없었다. 나는 돈도 없고 그렇다고 돈을 초월할만한 일이 뭔지도 모르는, 그저 방황하는 청년이었으니까. 마음은 이상을 품고 있다고 하면서 눈과 귀는 현실을 보고 듣는, 줏대 없는 사람이었으니까.

2.

　일단 구직은 해야 했다. 생계유지는 해야 했으니까. 감사하게도 학부 시절 교수님의 소개로 공공기관의 계약직 일자리를 얻을 수 있었다. 그곳에서 일하는 동안 내가 할 일은, 내가 진정 원하는 일이 무엇인지 생각하는 것이었다. 섣불리 또 다른 직장을 얻기 전에 내가 진정으로 원하는 게 무엇인지 깊이 고민하는 것이었다.

　하지만 아무리 생각해도 답을 도출할 수가 없었다. 내 과거를 돌이켜 보고, 내가 해왔던 모든 선택을 노트에 적어보기도 했다. 긍정적인 느낌이 드는 선택은 남겨두고 부정적인 느낌이 드는 선택은 지웠다. 그리고 남겨진 선택을 가만히 쳐다보며 그것들의 교집합을 찾아보려 했다. 하지만 찾을 수 없었다. 아무리 억지로 엮으려 해봐도 엮어지지 않았다. 난 도대체 뭘 하며 산 걸까. 자책만 늘어갔다.

계약이 끝날 때까지 내가 원하는 일을 꼭 찾고 싶었지만, 생각이 깊어질수록 엉뚱한 답만 나왔다. 대학도 졸업하고 몇 번의 퇴사 과정도 겪은 내가, 나를 이렇게나 모른다는 건 참 한심한 일이었다. 방향이라도 찍어야 어디든 나아갈 텐데, 방향을 정하지 못해 어디인지도 모를 길 한 가운데에 우두커니 서 있을 수밖에 없었다. 이렇게 평생 방향만 고민하다 내 인생은 끝나는 건가 싶었다.

불안은 점점 치달아 올랐다. 마치 고속도로를 운전하는데 핸들을 손에서 놓고 있는 기분이랄까. 일단 출발하라고 하니까 힘껏 노를 저어 출발했는데 바다 한가운데서 길을 잃은 느낌이랄까. 아무리 혼자 질문을 던지고 고민해봐도 나오지 않는 답에, 나는 점점 지쳐가고 있었다.

혼자서는 무리였다. 너무 답답한 나머지 이 고민을 누군가와 나눠야겠다고 생각했다. 노를 저을수록 산으로 가는 내 생각을 붙잡아줄 누군가를 만나고 싶었다. 하지만 그럴 사람이 없었다. 내 친구들은 이제

막 신입사원이 됐거나 취업을 준비하고 있었다. 대학 내내 혼자 방황하느라 이런 고민을 털어놓을 선배도 딱히 없었다. 교수님을 찾아가 봐야 꾸지람만 듣게 될 뿐이었다. 아는 사람은 많고 술 마실 친구는 많은데 내 고민을 나눌 사람은 없다는 게 참 아이러니했다.

3.

그러다 내가 손길을 뻗은 곳은 랜선이었다. 당시 소모임을 개설하고 사람들을 만날 수 있는 서비스가 있었는데 이곳을 통해서라면 나와 비슷한 고민을 하는 사람을 만날 수 있을 것 같았다. 한 번도 본 적은 없지만, 그래서 더 깊은 속사정을 꺼낼 수 있는 그런 사람들 말이다.

사이트에 접속해 어떤 모임들이 개설돼있는지 확인했다. 취업에 제법 도움이 될 법한 실용적인 모임들이 많이 개설돼있었다. 반면, 고민을 나눈다든지 서로의 아픔을 나눈다든지 하는 모임을 개설한 사람은 단 한 명도 없었다. 고민, 꿈, 불안 등 키워드를 바꿔 검색해도 같았다. 나만 이런 모임을 찾는 것 같아서, 이런 고민을 하는 사람이 나 말곤 없는 것 같아서 슬펐다.

답답한 마음에 인터넷 창을 닫고 일을 하다가 다시 그 사이트에 접속했다. 그리고 어쩌다 그런 생각을 했는지 모르겠지만, 내가 원하는 모임이 없으면 내가 그 모임을 만들어야겠다고 생각했다. 사실 생각을 하기 전에 이미 손은 움직이고 있었다. 모임 참여 인원을 네 명으로 설정하고, 미래에 대한 불안과 고민을 나눠보자는 취지의 설명글을 적었다. 그리고 모임명을 적었다. 〈꿈다방〉이라고.

난 작명에 소질이 없었다. 왜 그렇게 이름을 정했는지는 아직도 의문이다. 모임명이 뭐가 됐든 누구

든 오기만 하면 좋을 것 같았다. 누구든 와서 내 고
민을 들어주기만 해도 감사할 것 같았다.

4.

"어?!" 깜짝 놀라서 괴상한 비명을 질렀다. 꿈다방
이라는 괴상한 이름의 모임에 한 명의 참가자가 생
겼기 때문이다. 그런데 한 명이 끝이 아니었다. 다음
날, 또 한 명의 참가자가 생겼다. 총 두 명의 인원이
나를 만나기 위해, 나와 고민을 나누기 위해 만 원의
참여비를 결제하고 내 모임에 신청을 한 것이다.

가슴이 쿵쾅거렸다. 이 사람들은 도대체 무슨 생각
으로 나라는 사람을 만나러 오는 걸까. 이 사람들은
무슨 고민이 있어 나 따위를 만나러 오는 걸까. 갑자
기 삶에 활력이 생기는 기분이었다. 평소와 다를 것

없는 평범한 날이 이어졌지만, 꿈다방이라는 모임 하나로 내 삶은 생기를 찾기 시작했다. 설레는 마음 으로 주말에 있을 모임을 기다렸다.

기다리던 주말이 왔고 나는 들뜬 마음으로 약속된 장소로 향했다. 먼저 약속 장소에 도착해 기다리고 있으니 두 사람이 차례로 도착했다. 한 명은 전역을 앞둔 장교 출신의 청년이었고 한 명은 대안학교를 다니고 있는 학생이었다. 간단한 자기소개를 마치고 내가 먼저 고민을 이야기했다. 지금까지 내게 벌어 진 일들을 하소연하듯 털어냈다. 아무런 편견 없이 경청해주는 그들을 보니 신이 났다.

내 이야기가 끝나고 다른 사람의 이야기가 시작됐 다. 그들은 자신의 고민, 미래에 대한 불안을 아무런 형식 없이 털어놨다. 신기했다. 나 혼자 끙끙거리며 했던 고민을 그들도 이야기하고 있었다. 나 혼자 고 민했을 때는 그토록 무겁게 다가오던 주제들이, 이 를테면 불안, 미래, 취업과 같은 주제들이 가볍게 느 껴졌다.

순식간에 두 시간이 흘러갔다. 여기서 끝내기가 아쉬웠다. 우리는 자리를 옮겨 근처 분식집에서 순대볶음을 먹으며 이야기를 나눴다. 입에서 단내가 날 정도로 이야기를 하고 나니 어느덧 해가 기울었다. 아쉬웠지만 그들을 돌려보내고 집으로 돌아왔다.

책상에 가만히 앉아 방금 있었던 일들을 회상했다. 참 이상했다. 내 고민이 해결된 것도 아니고 내가 그들의 고민을 해결해준 것도 아닌데 이상하게 마음이 홀가분했다. 답답했던 호흡이 뻥 뚫리는 느낌이랄까. 더 나누고 싶었다. 내 고민을, 더 많은 사람의 고민을 함께 나누고 싶었다.

이 모임이 내 직업을 정해주는 것도, 내게 돈을 가져다주는 것도 아니었지만 그냥 하고 싶었다. 일단은 아무런 미래를 생각하고 싶지 않았다. 나는 그 자리에서 다음 주 모임을 개설했다. 꿈다방이라는 괴상한 이름의 모임은 그렇게 매주 이어졌다.

5.

모임은 점점 커졌고 작은 카페에서 끼리끼리 나누던 모임은 어느새 〈꿈톡〉이라는 모임으로 자리 잡았다. 작명에 소질이 없었던 나 대신 친구가 지어준 이름이었다. 매달 고민 가득한 청년들이 꿈톡을 찾았다. 여전히 내 미래는 불안했고 돈을 벌어다 줄 마땅한 직업은 찾지 못했지만 즐거웠다. 그것만으로 충분한 날들이었다.

회가 거듭될수록 모이는 사람은 점점 많아졌다. 여느 강연처럼 유명한 사람의 이야기를 들려주는 것도 아니었고 여느 강의처럼 유용한 지식을 알려주는 것도 아니었다. 하지만 사람들은 계속해서 우리를 찾았다. 단지 보통 사람들의 평범한 이야기와 고민을 공유할 뿐이었시만, 사람늘은 그 평범함을 공유하기 위해 우리를 찾았다. 그리고 모임이 끝나면 사람들이 이렇게 말했다.

"이렇게나 많은 사람이 저와 비슷한 고민을 한다는 걸 아는 것만으로도 큰 위로가 되는 것 같아요. 저는 지금까지 저 혼자만 이상한 고민하는 줄 알았거든요."

혼자만 이런 고민을 하는 것 같아 그동안 힘들었는데, 혼자가 아니라는 사실을 알게 돼서 위로를 받았다고 했다. 내가 이상한 사람인 줄 알았는데 나와 같은 사람들이 이렇게나 많다는 사실 자체가 큰 힘이 된다고 했다. 이런 모임을 만들어줘서 고맙다고 했다.

이런 피드백은 마치 혼자 고민하느라 힘들었던 과거의 내게 주는 선물 같았다. 내게는 정말 크나큰 심적 보상이었다. 그것만으로도 충분하다고 생각했다.

6.

꿈톡을 하며 주어지는 물질적 보상은 없었다. 하지
만 행사를 진행하는 데 필수적으로 들어가는 비용이
있었다. 그게 항상 부담이었다. 사람들은 수익 모델
을 고민해보라고 했지만, 내가 택한 건 모든 비용을
없애버리는 것이었다. 적어도 이곳에는 돈을 개입시
키고 싶지 않았다. 무식한 내 고집이었다. 하지만 삶
의 대부분에 걸쳐 있는 돈이라는 수단을, 여기까지
끌어들이고 싶지 않았다.

그 고집 덕분에 부담을 떠안아야 하는 건 고스란히
우리의 몫이었다. 가장 큰 부담은 공간을 대여하는
데 드는 비용이었다. 인원이 많아지니 그들을 수용
할 수 있는 넓은 공간이 필요했다. 하지만 넓은 공간
일수록 대관료는 비쌌고, 난 그렇게 비싼 대관료를
낼 돈이 없었다. 그래서 대관료를 받지 않고 무료로
공간을 빌려주는 곳을 찾아다녔다. 내가 대학교 학

사운영실에서 일하고 있을 땐, 학교 강의실을 무료로 대여했다. 직장을 옮기고 나서는 어느 비영리단체의 남는 공간을 대여하기도 했고, 우리의 취지를 좋게 봐주는 카페 사장님의 호의 덕분에 공간을 무료로 이용할 수 있었다.

사람들을 모으기 위한 홍보 비용도, 행사에 들어가는 자질구레한 물품들도 역시 부담이었다. 그래서 소셜미디어를 시작했고, 돈을 들이지 않고 홍보를 하는 방법을 연구했다. 다행히 그것만으로도 우리의 모임을 충분히 홍보할 수 있었으며, 굳이 애써 홍보하지 않더라도 전에 참여한 사람들의 입소문은 가장 큰 홍보 수단이었다. 모든 행사에 존재하지만 이게 꼭 필요한지 의문이 드는 배너, 현수막, 협찬품 따위의 물건들은 일찌감치 버리기로 했다. 우리에게 필요한 건 그저 공간과 사람 그리고 서로의 이야기였다. 그것만으로도 꿈톡은 충분했다.

도대체 이걸 어떻게 준비했으며, 도대체 비용은 어디서 났으며, 도대체 이렇게나 많은 사람이 어디서 모이는지, 사람들의 궁금증을 자아내는 꿈톡은 매달 이어졌다. 계속해서 끊이지 않고 모이는 사람들을 보고 우리도 놀라울 따름이었다. 아마 이때부터였을 것이다. 주변 사람들의 입에서 본격적으로 '돈' 이야기가 나왔던 게.

7.

"모든 일엔 지속성이라는 게 있어. 지금은 네가 잘 모를 수도 있는데, 이걸 언제까지나 즐거움만으로 지속할 순 없을 거야. 결국엔 수익이야. 수익이 나질 않으면 나중엔 결국 지쳐서 그만두게 될 거야. 지금부터라도 꿈톡을 수익화시킬 방법을 찾아봐. 입장료를 받아도 되고 기관이나 기업하고 협업을 하는 방법도 있어. 꿈톡 평생 하고 싶다고 했잖아. 그럼 잘

생각해 봐. 어떤 게 꿈톡을 지속할 방법인지."

꿈톡의 규모는 점점 커졌고, 꿈톡의 존재를 아는 사람들도 많아졌다. 그에 반해 내 직업은 변변찮았다. 학사운영실 행정 인턴을 거쳐 비영리단체를 거쳐 은행 청원경찰 일을 하고 있었다. 나는 변변찮은 직장에서 얻는 수입으로 내 생계를 해결했다. 그리고 그 외의 시간엔 꿈톡을 이어갔다.

사람들이 보기엔 답답했을 것이다. 누군가는 모순이라고 생각했을 수도 있다. 꿈톡을 그렇게나 좋아한다면서, 할 수만 있다면 꿈톡을 평생 지속하고 싶다면서 수익화엔 전혀 관심이 없다고 말하는 날, 위선자라고 생각했을 것이다.

하지만 내 생각은 굳건했다. 꿈톡을 지속하게 만드는 건 돈이 아니었다. 혹시나 내 생각이 변해 꿈톡으로 돈을 번다면, 꿈톡은 돈을 버는 수단이 될 뿐이었다. 물론 돈을 버는 행위로부터 즐거움을 느낄 수도 있겠지만, 애초에 그럴 생각이었으면 사업성 있는 다른 무언가를 시작했겠지. 만약 꿈톡이 사업이 된다면 아무런 대가 없이 서로의 고민을 나눔으로써 오는 기쁨은 잃어버릴 수밖에 없다고 생각했다. 그 땐 그렇게 확신했고, 그래서 그만큼 고집했다. 돈을 벌기 위한 수단으로서 꿈톡을 지속하는 것보다, 지금과 같은 마음을 간직한 채로 꿈톡을 그만두는 게 낫다는 생각이었다. 꿈톡의 끝이 그랬으면 좋겠다고 생각했다. 그게 내 진심이었다.

"야, 우리 꿈톡을 놀이터처럼 생각하자. 어릴 때 뛰놀던 놀이터처럼. 누가 돈을 줘서 놀이터에서 뛰노는 게 아니잖아. 그냥 노는 거 자체가 즐거워서 자발적으로 노는 거잖아. 꿈톡도 그런 거야. 자주는 아니더라도 한 달에 한 번, 놀이터에서 뛰논다는 생각으로 하자. 아마 앞으로도 꿈톡을 통해서 돈을 벌기는 어려울 거야. 앞으로 돈은 각자가 각자의 방법대로 버는 거야. 그러니까 우리가 꿈톡을 그만둘 때는, 그 즐거움이 사라지는 때야. 즐거움이 꿈톡의 지속 가능성이고, 그게 끝나면 꿈톡도 끝나는 거야."

나는 선택했다. 꿈톡을 수익을 위한 수단으로 전락

시키지 않기로. 앞으로도 지금과 같은 방향으로 운
영해 나가기로. 그게 아니라면 꿈톡을 그만두기로.
이 생각을 꿈톡과 함께하는 친구들에게 말하기로 했
다. 너무나 고맙게도 친구들은 당연한 듯 고개를 끄
덕거렸다.

8.

대학교의 작은 강의실을 빌려 꿈톡을 시작한 이후
로 6년이란 시간이 지났다. 그동안 참 많은 것들이
바뀌었다. 내 직업은 셀 수도 없이 바뀌었고, 내 나
이는 20대에서 서른을 훌쩍 넘긴 30대가 됐다. 내가
돈을 버는 수단도 변했고, 내가 돈을 대하는 태도도
변했다.

하지만 변하지 않은 게 있다. 꿈톡은 여전히 한 달

에 한 번, 고민 가득한 사람들과 함께하고 있다. 여전히 벌어들이는 수익은 없지만, 우릴 찾는 사람들과 고민을 나누며 느끼는 행복은 처음과 같다. 물론 꿈톡을 함께 하는 친구들은 곁에 남아있다. 서로의 삶을 응원하고 지탱해주는 동반자로서 함께 하고 있다. 나를 포함해 각자의 삶은 각자가 책임지면서, 한 달에 한 번 있을 꿈톡을 기다리며 그렇게 살아가고 있다.

이제는 우리에게 수익 이야기를 꺼내는 사람도 없다. 내 고집을 꺾으려는 사람도 없고, 내 삶을 걱정하는 사람도 없다. 수익이 없는데 지속할 수 있을 것 같냐는 물음엔, 6년이란 숫자가 대신 답해주고 있다. 우리를 의심하던 사람들도 지금은 그저 묵묵히 응원해줄 뿐이다.

6년 전의 나는 단순히 돈을 버는 행위를 넘어 그 일을 하는 것 자체만으로도 즐거운 일을 하고 싶었다. 보상을 얻기 위해서 일하는 게 아니라 그 일을 하는 것 자체가 보상인 일을 하고 싶었다. 과연 그런 일이 있기는 한 건지, 나 혼자 뜬구름 잡는 건 아닌지 고민했었다. 내가 도대체 뭘 좋아하는지 몰라서 힘들었고, 그걸 찾겠다고 아무리 뛰어다녀도 손에 잡히지 않아 힘들었다. 하지만 계속해서 고민했고 계속해서 기웃거렸다. 그러던 어느 날, 꿈톡을 만났다. 그리고 언젠가부터 꿈톡은 내 삶의 큰 부분을 차지하고 있었다. 그 이후로 난 내가 도대체 뭘 좋아하는지, 도대체 뭘 하고 싶은지 고민하지 않게 됐다. 그저 그것을 하기 위해, 그것을 기다리며 살아가게 됐다.

내게 꿈톡은 여전히 놀이터다. 일상의 스트레스를 잠시 잊게 해주는 곳, 내 고민뿐만 아니라 사람들의 고민도 함께 내려놓게 해주는 곳, 여전히 돈은 안 되지만 돈 이상의 기쁨과 감동을 주는 곳이다. 수익이 없으면 지속할 수 없다는 사람들의 의견이, 틀렸다고 말해주는 곳이다.

「내가 좋아하는 일을 지속하기 위해 꼭 그걸 돈으로 만들 필요는 없다. 돈이 되지 않으면 절대 지속할 수 없다는 사람들의 말에 흔들릴 필요도 없다. 누군가는 꿈을 통해 돈을 벌지만, 누군가는 꿈을 위해 돈을 번다. 사람들은 꿈을 통해 돈을 버는 사람들을 주목하지만, 꿈을 위해 돈을 버는 사람들도 그에 못지않게, 아니 그 이상으로 빛을 발한다. 내 주변엔 그런 빛을 발하며 살아가는 사람들이 많다. 나는 그들을 보며 용기를 얻는다. 내가 좋아하는 것을, 내가 지속할 수 있는 방식으로 지켜나가야겠다고 다짐한다.」

서른이라는 숫자에 관하여

1.

스물일곱의 나는 두 번의 퇴사를 마치고 내가 졸업한 대학교 학사운영실에서 행정 인턴을 하고 있었다. 말이 좋아서 행정 인턴이지 1년간의 단기 계약직이라고 말하는 게, 이해가 더 빠를 것이다.

행정 인턴으로서 내가 하는 일은 별로 없었다. 아주 사소한 서류 작성 업무, 학사운영실의 비품을 채워 넣는 일, 강의실 빔프로젝터라든지 마이크 따위가 작동하지 않으면 건전지를 갈아 끼우거나 대강 내 선에서 손을 보는 것 정도가 내 업무의 전부였다.

사실 학교에서도 일손이 부족해서 나를 채용한 건 아니었을 것이다. 퇴사 후 백수로 지내는 졸업생인 내게, 공백기를 채울 만한 기회를 주기 위해서 채용한 게 아니었을까 싶다.

이유야 어찌 됐건 난 나름 만족하면서 일을 하고 있었다. 월급은 최저 시급 정도였지만 덕분에 굶지 않을 수 있었다. 그리고 악몽 같은 회사를 퇴사한 지 얼마 안 된 내게, 나를 되돌아볼 수 있는 어느 정도의 휴식 기간은 필요했다. 그렇게 따지면 썩 나쁜 직업은 아니었다. 큰 스트레스 없이 반복되는 일상에, 나는 심신의 안정을 되찾아가고 있었다.

그러던 어느 날, 학사운영실에 떨어진 비품을 사기 위해 매점에 가다가 익숙한 얼굴을 만났다. 대학에 복학해서 들었던 한 수업에서 만난 형이었다. 그게 인연이 돼서 한 방송국에서 진행하는 토론 프로그램 예선에도 함께 참여했었다.

내가 기억하는 형은 여유롭고 자신감 넘치는 사람이었다. 카메라가 돌아가는 현장에서도, 티브이에서만 보던 유명 교수가 심사위원으로 있는 그 자리에서도 떠는 기색이 없었다. 나는 잔뜩 긴장해서 헛소리를 나불댔던 반면, 그는 자신의 의견을 당당하고 정확히 전달했다. 결과는 비록 의문의 예선 탈락이었지만 말이다.

"와, 진짜 오랜만이에요. 형 아직도 학교 다녀요?"

다른 지인들은 진작에 졸업했기 때문에 학교에서 볼 수가 없었다. 하지만 나보다 나이가 많은 형이 아직 학교에 있다는 사실이 신기했다. 그는 내 인사를 받더니 "언론 고시 몇 년 준비하다가 접고 지금은 취업 준비하고 있어."라고 답했다.

함께 학교에 다닐 때도 그가 방송국 피디를 꿈꾼다는 사실을 알고 있었다. 친구로부터 그가 언론 고시를 준비한다는 소식도 들어 알고 있었다. 뭐든 해낼 것 같은 자신감으로 피디라는 좁은 문도 쉽게 뚫어 버릴 것 같았던 형이었는데, 지금은 취업 준비를 하고 있다고 말했다.

"네가 스물일곱인가? 너도 느끼고 있을지 모르겠지만, 이게 스물아홉이 되니까 다르더라. 작년까지만 해도 주변에서 하는 잔소리 같은 거 하나도 신경 안 쓰였거든? 근데 딱 스물아홉이 되니까 진짜 부담감이 확 다가오더라고. 내년이면 서른이라는 게 너무 부담인 거야. 친구들은 취업해서 자리 잡아가고 있고, 누구는 시험에 붙었다는 소식이 들리고 하는

데. 나는 이룬 거 하나도 없이 내년이면 서른이라는
게 진짜 압박이야."

　서른을 생각해본 적도 없었고, 내 나이가 몇 살인
지 헷갈릴 정도로 나이에 큰 관심이 없었던 나는 그
의 이야기가 썩 와닿지 않았다. 나는 잘 모르겠다며,
나는 서른이 되도 크게 신경 쓰일 것 같지 않다고 말
했다. 그런 내게 그는 이렇게 말했다. "너도 곧 느끼
게 될 거야."

2.

　시간이 흘러 내 나이는 스물아홉이 됐다. 그때 학
교에서 만났던 형은 원하던 회사에 원하던 직무로
취업했다는 소식을 들었다. 비록 방송국 피디는 아
니지만, 그의 끼와 재능을 충분히 발휘할 수 있겠다

는 생각이 드는 회사였다.

그리고 나도 취업에 성공했다. 내가 취업한 곳은 은행이었다. 흔히 생각하는 행원은 아니었다. 은행의 문을 열면 가장 먼저 따뜻한 인사로 손님을 맞이하는, 말 그대로 은행의 일선에서 일하는 은행 청원경찰이 스물아홉의 내 직업이었다.

당시 내게 필요했던 건, 삼시 세끼 먹는데 부족하지 않을 만큼의 적당한 돈과 꿈톡을 운영하기 위한 충분한 여유시간이었다. 월급은 좀 빠듯하지만, 9시에 시작해서 5시에 끝나는 근무 시간은 내 기준에 적합했다. 게다가 은행은 집에서 도보 15분 거리에 있었다. 그래서 일단 면접을 보러 가기로 했다.

1차 면접은 집 근처 은행이 아닌 강남에 있는 어느 파견 용역 업체에서 진행됐다. 왜 면접을 나 혼자 본다고 생각했을까. 이 일자리를 얻기 위해 나보다 일찍 온 두 사람이 있었다. 면접 인원은 총 세 명이었고, 내 면접 순서는 마지막이었다. 나는 동네 은행 청원경찰 자리를 얻는 것에도 경쟁이 필요하다는 사실에 약간의 당황스러움을 느끼며 대기하고 있었다. 내 차례가 왔고, 면접장이라고는 보기 힘든 작은 회의실에서 면접이 진행됐다.

어떤 대화가 오갔는지 잘 기억이 나지 않는다. 아마 별다른 대화가 없었기 때문일 것이다. 이전엔 어떤 일을 했느냐, 얼마나 근무할 수 있느냐 등의 형식적인 질문을 받았다. 형식적인 질문에 형식적으로 답하던 중, 직원이 물었다. "집은 어디에요?"

나는 이 질문이 채용으로 연결되는 가장 중요한 질문이라는 걸 직감할 수 있었다. 나는 은행에서 도보 10분 거리에 산다고 답했다. 아마 그 대답이 유효타를 날렸던 것 같다. 내 답을 들은 담당자가 가까워서 다행이라며 크게 기뻐했기 때문이다. 사실 도보로 15분이 걸리는 거리지만 조금 빨리 걸으면 10분 안으로 끊을 수 있으니까, 15분이나 10분이나 거기서 거기니까, 뭐.

어쨌든 가까운 거리 덕분에 내가 떨어질 일은 없겠구나 하는 안도의 마음이 들었다. 동시에 내 앞에 면

접을 본 두 명은 탈락하겠구나 하는 안쓰러운 마음
도 들었다. 정규직도 아닌 파견직에도 경쟁은 있었
고 탈락자는 존재했다.

  다음 날 바로 문자가 왔다. 2차 면접을 위해 은행
으로 오라는 안내 문자였다. 은행에서 일하는 직원
들에게 인사 정도만 하러 가는 거니까 부담 가질 필
요는 없다고 했다. 그러나 정장 착용은 필수라고 했
다. 나는 퇴사를 마지막으로 다시는 입을 일이 없을
것만 같았던 정장을 꺼내 입고 은행으로 향했다.

  가끔 현금을 출금하러 가던 동네 은행에 면접을 보
러 가려니 기분이 이상했다. 은행에 도착하니 파견
용역 업체 담당자가 나를 기다리고 있었다. 그를 따
라 은행 안, 휴게실로 들어갔다. 휴게실에는 은행 팀
장과 차장이 앉아있었다. 팀장은 나를 처다보더니
"아주 듬직하네요. 전에 일하던 분은 일을 너무 빨
리 그만둬서요. 주원 씨는 제발 좀 오래 일했으면 좋
겠네요."라고 말했다. 나는 "그런 건 걱정 안 하셔도
됩니다."라고 믿음직스럽게 대답했다. 그게 면접의

끝이었다. 정말 직원들에게 인사만 드리는 정도였다. 한겨울, 칼바람을 맞으며 집으로 돌아왔다. 이제는 잘 맞지도 않는 정장을 벗고 침대에 누웠다. 오늘부터 내 직업은 은행 청원경찰이었다. 그리고 내 나이는 스물아홉이었다.

3.

"인사 좀 크게 해. 지점장님이 뭐라고 하시더라."
은행 팀장은 좀비처럼 서 있는 내 어깨를 주무르며 말했다. 은행 청원경찰 일은 생각보다 쉽지 않았다. 내가 일하는 지점은 손님이 정말 많은 곳이었고, 그 많은 손님을 상대하느라 내 체력은 이미 바닥이 나 있었다.

내가 하는 일을 한 마디로 설명하자면, 은행 직원

들이 처리하기 귀찮은 일을 대신하는 것이었다. 은행 문 앞에서 번호표를 대신 뽑아주는 일부터 출금, 환전과 같은 간단한 업무처리는 모두 내 담당이었다. 그뿐만이 아니었다. ATM 기기에 지폐나 동전이 걸리면 내가 수리해야 했고, 구청에 전표를 배달하는 것도 내 몫이었다. 그렇게 정신없는 하루가 지나가면 ATM기의 동전을 회수해 동전을 세고 그 동전들을 묶어 금고에 나르는 것까지가 은행 청원경찰의 일과였다.

생각 외로 할 일이 많았지만 그게 내 체력을 밑바닥으로 끌어내리진 않았다. 나를 좀비로 만들었던 건, 근무 시간 동안 앉아있을 수가 없다는 사실이었다. 입구에 작은 테이블과 작은 의자 하나 정도만 있었더라도 참 좋았을 텐데. 웬일인지 입구에 있어야 할 테이블은 은행의 가장 구석에 있었다. 책상과 의자가 입구에 있으면 청원경찰이 앉아서 일어나질 않는다는 게 이유였다. 전에 일하던 청원경찰이 앉아서 일을 안 한다는 이유로 옮겼다나 뭐라나. 이름도 모를 그분 덕분에 내 다리가 고생이었다.

　다음 날 아침이면, 발이 부어 신발이 작게 느껴질 정도였다. 온종일 서서 일하는 게 이렇게 힘든 일인 줄 몰랐다. 백화점 직원들이 뻐근함을 풀기 위해 돌리는 발목을 보면서, 기관의 청원경찰이 근육 뭉침을 풀기 위해 주무르는 종아리를 보면서 동병상련의 아픔을 느꼈다.

　발의 피로를 줄이기 위해 신발에 비싼 깔창을 깔아도, 지압봉을 사서 쉬는 시간에 발을 쿡쿡 쑤셔도, 밥 먹는 시간을 아껴 1시간 동안 낮잠을 자도 피로는 풀리지 않았다. 다리의 피로는 허리까지 올라왔고 허리의 피로는 두통을 유발했다. 몰래 쉬고 오라는 동료의 배려에도 내 피로는 가실 줄을 몰랐다.

　5시에 근무가 끝나는 것도 좋았고, 근무지가 집 근처인 것도 좋았고, 월급도 당시엔 부족하다고 생각하지 않았다. 덕분에 남는 시간을 활용해 내가 가치 있다고 생각하는 일, 꿈톡을 그 어느 때보다 왕성하게 할 수 있었으니까.

하지만 체력이 떨어질 대로 떨어져 목이 부어오르기 시작할 때쯤, 나는 직장을 옮기기로 했다. 앉아서 일할 수 있는 곳이라면 어디든 상관없다고 생각했다. 그래서 알아본 곳은 어느 공공기관의 파견직 자리였고, 그곳에 면접을 보러 가기 위해 다시 정장을 꺼내 입었다. 그 기관의 파견직 일자리를 얻기 위해 총 세 명의 지원자가 면접을 봤다. 나는 또다시 두 명의 지원자를 탈락시키고 한 명의 합격자가 됐다. 지하철을 타고 집으로 돌아와 침대에 누웠다. 오늘부터 내 직업은 어느 공공기관의 파견직 직원이었다. 그리고 내 나이는 서른을 한 달 앞둔, 스물아홉이었다.

4.

내 나이 스물아홉. 왜 은행 청원경찰 일을 시작하게 됐는지는 길게 설명하지 않으련다. 하고 싶어서 한 게 아니라 그냥 해야 했기에 시작한 것이다. 어찌 됐건 7개월이 흘렀다. 그리고 내일이 그 마지막 날이다. 왜 그러는지는 잘 모르겠지만 많은 일이 주마등처럼 스쳐 지나간다.

체력적으로 힘들었다. 서서 일하는 게 이렇게 힘들 줄 몰랐다. 은행 청원경찰이 하는 일이 이렇게 많다는 것도 들어가기 전에는 몰랐다. 은행 문을 닫고 마감을 하고 나면 5시. 소파에 잠깐 앉아 말 그대로 기절했다. 그렇게 일이 끝나고 나면 또 다른 일들이 시작됐다. 꿈톡과 관련된 사람들을 만나고 집에 들어와 작업을 했다. 그럼 어느새 열두시가 넘어갔다. 하루의 1부는 청원경찰, 하루의 2부는 꿈톡이었다. 피곤하지만 즐거웠다. 하지만 피로는 점점 쌓여갔다. 같이 일하는 동생에게 가장 많이 했던 소리는 아마 '피곤하다' 일 것이다.

 마치 테스트 같았다. 내가 언제까지 버티는지 보자. 내가
좋아하는 일을 하기 위해 어디까지 내려놓을 수 있나 보자.
온갖 수단들 때문에 목적을 포기하지 않고 얼마나 버텨내
는지 보자. '네가 언제까지 그렇게 살 수 있나 지켜보자.' 라
는 남들의 질타에 얼마나 꼿꼿할 수 있나 보자. 하루하루
가 나 자신을 테스트하는 과정이었던 것 같다.

 그렇게 7개월이 흘렀다. 7개월 동안 정말 많은 일이 있었
다. 꿈톡 토크쇼를 무려 7회에서 12회까지 기획하고 진행했
다. 8월엔 중구 구민회관에서 청년광복 페스티벌을 진행했
고, 3개월간 팟캐스트를 하다가 접기도 했다. 그리고 꿈톡
의 책 출간을 준비했고 그 책도 곧 출간된다. 계속되는 테
스트 속에서 지치지 않고 이것들을 해낼 수 있었던 이유는
함께 하는 '사람' 들 덕분이었을 것이다.

 앞으로 내 인생이 어떤 방향으로 흘러갈지는 나도 잘 모

르겠다. 내가 어떤 수단들을 택하며 살아가고 있을지도 잘 모르겠다. 다만, 조심스레 확신할 수 있는 건 앞으로도 계속될 테스트에도 불구하고 난 내가 만들어낸 삶의 목적을 따라 살아갈 것이라는 사실이다.

2015. 10. 15.

당시의 감정을 왜곡하고 싶지 않아, 그때 쓴 일기를 그대로 가져왔다. 일기를 다시 보니 그때의 내가 또렷이 기억난다. 서른을 앞둔 나는, 불안하고 초조하지 않았다. 비록 몸은 힘들었지만, 지금의 삶을 긍정하며 살아가고 있었다. 주변에서 걷는 길과 조금은 다른 길을 걷고 있었지만, 내가 걷는 길이 적어도 나에겐 옳은 길이라 믿고 힘차게 걸어가고 있었다. 이때의 나보다 확신에 가득 찬 적은 없었던 것 같다. 그게 내 마지막 20대였다.

5.

너는 아직 서른을 앞둔 이의 압박이 얼마나 큰지 모를 거라던, 너도 곧 깨닫게 될 거라던 형의 말이 떠오른다. 어느새 난, 그가 예고하던 나이를 넘겼다. 하지만 난 여전히 그 말에 공감하지 않는다.

아마 내 시간이 다르게 흘러서인지도 모른다. 당연하다고 생각하는 길에서 벗어나 당연하지 않은 길을 걸어서인지도 모른다. 다른 사람들은 이해할 수 없지만, 나는 그 누구보다 잘 이해할 수 있는 길을 걸어서인지도 모른다. 그 길로 들어선 순간, 내 시간은 남들과 다르게 흘러갔다. 다른 사람들의 시계를 힐끔힐끔 쳐다볼 필요도 없었고, 사회에서 울리는 종소리를 들을 필요도 없었다. 그냥 내 멋대로 흐르는 내 시간 속에서 살아가면 됐다. 그래서 나이는 내게, 별 의미 없는 것이 되어버렸을지도 모른다.

불안에 속아 또는 타인의 기대를 충족시키기 위해

그 나이에 어울린다고 생각하는 무언가를 좇고 있었다면 달랐을 것이다. 다른 사람의 시간을 의식해 내 시계태엽을 억지로 감았다면, 서른이라는 나이가 내 목을 조르고 있었을 것이다. 다행히 그렇게 하지 않았다. 아니, 그렇게 할 수 없었다. 다수가 안정적이라고 말했던 것들이 내겐 큰 불안을 가져다준다는 걸 진작에 깨달았기 때문이다. 다수가 불안하다고 말하는 길이라도, 그곳이 내가 선택한 길이라면 덜 불안하다는 걸 깨달았기 때문이다.

내 나이는 어느덧 서른의 중반을 향해 가고 있다. 내게 나이는 여전히 별 의미 없는 숫자다. 20대와 30대는 다르다고 말하던 사람들이, 이제는 30대와 40대가 다르다고 말한다. 과연 그럴까. 겪어보지 않았으니 확신할 순 없지만, 그렇지 않을 거라는 걸 난 안다. 단지 나이의 앞자리가 바뀌었다고 해서, 내가 어떠한 굴레에 들어가거나 남들의 길을 따를 필요는 없으니까. 나이는 단지 주어질 뿐이고, 주어진 나이를 어떻게 해석하느냐는 내게 달린 일이니까.

「다른 사람들의 시계가 빨리 흘러간다고 해서 내가 그 속도에 맞춰갈 필요는 없다. 사회에서 끊임없이 종을 울려댄다고 해서 내가 그 종소리를 따라갈 필요는 없다. 각자의 속도에 맞춰 각자의 음악을 따라 걸어가면, 시간은 남들과 다르게 흐른다. 나만의 고유한 시간을 만들어내는 게 타인을 시간을 앞지르는 것보다 중요한 일 아닐까?」

너의 선택을 타인에게 넘겨주지 마

1.

　대학교 졸업을 앞두고도 난 여전히 갈피를 못 잡고 있었다. 정말 많은 것을 경험했고 머리가 아플 정도로 깊게 고민했지만, 여전히 내 미래는 불안으로 가득했다. 졸업이 다가올수록 불안은 커졌다. 어찌해야 할지 몰라 일단 괜찮아 보이는 회사에 입사지원서를 제출했다. 불안하니까, 뭐라도 하긴 해야 하니까 지원한 거지, 그곳에 꼭 들어가야 한다는 간절함이 있진 않았다. 그럴 리는 없겠지만 '이러다 진짜 합격하면 어떡하지?'라는 생각도 있었다. 내가 원하는 곳도 아닌데 덜컥 합격이라도 해버리면, 그 이후의 삶이 더 걱정이었다.

　그런 마음으로 취업을 제대로 준비할 리가 없었다. 회사가 어떤 곳인지, 내가 지원한 직무는 어떤 업무를 담당하는 곳인지 등의 아주 기본적인 것도 몰랐다. 그냥 형식적으로 쓴 이력서와 자기소개서를 제

출했다. 하지만 무슨 이유에선지 회사는 날 면접에
불러줬다.

　면접도 준비가 부족하기는 마찬가지였다. 오히려
간절함이 없으니 떨리지는 않았다. 단체 면접이라
면접관의 질문을 받을 기회가 적었고, 내게 주어진
질문은 누구나 대답할 수 있을 법한 평범한 질문들
이었다. 질문에 답을 하면서도 내가 붙을 일은 절대
없을 거라고 생각했다. 면접이 끝나고 집에 돌아가
면서도 섣불리 다른 곳에 취업할 생각 말고 앞으로
어떤 일을 하며 살지 진지하게 고민해보자는 생각이
었다.

　그리고 얼마 뒤, 회사로부터 문자를 받았다. 최종
합격했다는 문자였다. 믿기지 않는 결과였다. 이걸
뭐라고 설명해야 할까. 초심자의 행운이라고밖에 설
명할 수가 없었다. 막상 합격이란 단어를 들으니 기
쁘긴 했지만 동시에 당황스럽기노 했다. 그리고 걱
정이 되기도 했다. 합격 이후의 삶을 생각해본 적이
없었기 때문이다. 회사원으로서의 목표도, 계획도

없었다. 신입사원에게 으레 요구하는 포부나 다짐 따위도 없었다. 그래도 기왕 이렇게 된 거, 굴러들어온 운을 걷어찰 필요는 없다고 생각했다. 다른 생각 말고 최선을 다해 회사에 나를 내던져봐야겠다고 생각했다.

2.

엄연히 말하면 바로 정규직 채용이 된 건 아니었다. 인턴 생활을 거치고 3개월 후 최종 면접을 통해 정규직으로 채용이 되는, 채용 연계형 인턴이었다. 그렇다면 회사에 최선을 다하는 모습을 보여줘서 최종 합격을 꿈꾸는 것이 보통 인턴의 마음일 것이다. 아마 나를 제외한 인턴 모두 그런 마음이었을 것이다. 하지만 나는 도무지 그런 마음이 생기지 않았다.

다들 앞을 보고 걸어가고 있는데 나 홀로 자꾸 뒤를 쳐다보며 뒤처지고 있었다.

애초에 이유 없이 들어온 회사였다. 내가 원하는 분야도 아니었고 그렇다고 해서 내가 싫어하는 분야도 아니었다. 내 역량을 펼쳐보고 싶은 직무도 아니었고 그렇다고 해서 내가 맡은 직무가 싫을 이유도 없었다. 이게 도대체 무슨 말이냐 하면, 좋고 싫음의 기준조차 세우지 못한 채 덜컥 회사에 입사해버렸다는 말이다.

최소한의 준비도 없이 단지 운이 좋아서 입사에 성공한 나는 방황하기 시작했다. 나는 왜 이곳에 들어왔는지, 이게 정말 내가 원하는 곳인지, 혹시나 이곳에 최종합격해서 살아남는다면 과연 내가 행복할 것인지 나 자신에게 물었다. 질문에 대한 답도 내리지 못할 거면서 답 없는 질문을 계속했다.

홀로 방황하는 사이에도 시간은 잘 흘러갔다. 나는 딱히 어떻게 하겠다는 답을 내리지 못한 상태로 최종 합격을 위한 길을 걷고 있었다.

3.

"현재 위치는 '하'에요. 많이 노력하지 않으면 힘들 수도 있어요. 원하신다면 다른 자리를 생각해보셔도 될 것 같아요."

입사할 땐 전혀 몰랐다. 인사담당자는 인턴 중 절 반은 탈락한다는 소식을 뒤늦게 통보했다. 곧 인사 담당자와 인턴의 면담이 이어졌고, 인사담당자는 지 금까지 평가된 인턴의 점수를 상중하로 나눠 알려줬 다. 나는 그 중 '하'였다. 어떤 기준으로 점수를 매겼 는지는 모르겠지만 말이다.

담담하게 상담실을 나왔지만, 마음은 불편했다. 내 가 떨어질 확률이 높다는 사실 때문은 아니었다. 아 니, 솔직히 내 점수가 '상'이었다면 안도했을 수도 있다. 생존했다는 사실에 본능적으로 기뻐했을 수도 있다. 하지만 좋은 평가를 받아 정규직이 된다고 한 들, 달라지는 건 없었을 것이다. 여전히 내가 이곳에 어울리는 사람인지 고민했을 것이며 이곳이 아닌 다른 곳에서 행복을 찾아다니며 방황했을 것이다.

　나와 같은 점수를 받은 동기가 울고 있는 모습이 보였다. 그 모습을 보고 있으니 내가 해야 할 선택의 기준이 서는 것만 같았다. 이곳이 틀렸다고 말할 순 없지만, 나와 어울리지 않는 곳이라고 말할 순 있었다. 그렇다면 나와 어울리지 않는 옷을 벗어버리면 될 일이었다. 하지만 난 어떤 선택도 하지 않았다. 어쩌면, 내가 정말 열심히 하면, 혹시나 또다시 행운이 찾아온다면, 정규직이 될 수도 있을 거라는 생각 때문이었을까. 아들이 좋은 기업에 합격했다며 기뻐하셨던 부모님의 실망하는 모습을 보고 싶지 않은 마음 때문이었을까. 아니면 그저 막막함 때문이었을까. 어떤 이유였든, 나는 나를 그곳에 내팽개쳐 두기로 했다.

4.

"나는 전날 새벽 세 시까지 술을 마셔도 다음 날 아침 일곱 시에 출근해서 이 자리에 앉아있어요. 단 한 번도 어긴 적이 없습니다. 그게 내가 이 자리까지 올라올 수 있었던 비결입니다."

회사 임원의 멋진 연설이었다. 누군가는 이 이야기를 듣고 가슴이 뛰었을 수 있다. 하지만 나는 아니었다. 전날 새벽까지 술을 마시기도 싫었고, 그 몸을 이끌고 아침 일곱 시에 출근하는 건 더 싫었다. 그리고 그렇게 해서 임원의 자리에 오르는 게 내 목표는 아니었다. 아직 내 삶의 목적이 뭔지는 모르겠지만, 결코 그게 내 삶의 목적은 아닐 거라는 확신이 들었다.

내 몸은 여전히 회사에 있었다. 하지만 내 마음은 저 어딘가에서 떠돌고 있었다. 마음을 붙잡아 이곳에 앉히고 싶었지만 쉽지 않았다. 방황하는 마음을 잠재우려고 술을 마시는 시간이 늘었고, 입에서 회사를 불평하는 말이 많아졌다. 누군가가 그랬다. 무의식적으로 무언가, 누군가를 불평하는 말을 계속 쏟아낸다면 그것과 이별을 선언할 시간이 온 거라고.

하지만 난 비겁했다. 굉장한 운이 따라줘서 최종 합격 소식을 기다리든지, 예상대로 탈락 통보를 받고 집으로 돌아오는 시간을 기다리고 있었다.

퇴사는 내가 지금까지 해왔던 선택들과 차원이 다른 무게의 선택이었다. 아니, 그렇다고 생각했다. 퇴사라는 선택에 대한 책임도 컸다. 아니, 그럴 거라고 짐작했다. 그랬기에 섣불리 선택하지 못하고, 회사의 선택을 기다리고 있었다.

5.

그날도 술을 잔뜩 마셨다. 친구들에게 내 삶의 불안을 쏟아냈다. 이게 아니란 걸 알면서도, 그 어떤 선택도 하지 못하는 내가 한심했다. 한심한 날 벌주기라도 하듯 계속해서 술을 마셨다. 그리고 핸드폰 전원이 나간 것도 모른 채, 집으로 들어와 기절하듯 잠에 빠졌다. 다음 날 눈을 뜬 순간, 본능적으로 망했다는 사실을 깨달았다. 시계는 이미 출근 시간을 가리키고 있었다. 나는 초인적인 힘을 발휘해 순식간에 씻고 회사로 출근했다.

"장난해? 나가! 오늘 출근하지 마!"

한 시간이나 지각한 나에게 자비는 없었다. 영업소장은 날 잡아먹을 듯 노려보며 호통쳤다. 아무 이유 없이 갈굼을 일삼던 본사의 직원과는 다르게 내게 하나라도 더 가르쳐주려고 하던 고마운 소장이었다. 죄송한 마음이 먼저 들었다. 쉽사리 발길을 돌리

지 못하고 있는 내게, 소장은 또다시 나가라며 성을
냈다. 그때, 내가 말했다. "소장님, 드릴 말씀이 있습
니다."

소장은 어떤 낌새를 감지했는지 화를 누그러뜨리
며 사무실로 들어오라고 했다. 술이 덜 깨서 그랬을
까. 조금 전까지 성을 내고 있던 소장에게 내가 하고
있던 고민을 털어놨다. 이게 맞는지 모르겠다고, 아
무리 고민해봐도 이 길은 아닌 것 같다고, 운 좋게
합격했지만 그게 오히려 독인 것 같다고.

지금 생각해보면 그걸 들어준 그도 참 대단한 사람
이었다. 전날 술을 마시고 한 시간이나 지각한 인턴
의 고민을 들어줄 수 있는 사람이 몇이나 되겠는가.
내 이야기를 다 들은 소장은 잠깐 나가서 담배나 한
대 피우자며 나를 밖으로 데려갔다. 그리고 내게 긴
이야기를 꺼냈다.

"니도 당연히 신입사원 시절이 있었이. 그때 내가
너랑 비슷한 생각을 했지. 내가 왜 이 일을 해야 하
는지도 모르고 그냥 했어. 좋은 직장 얻었으니까. 근

데 하루는 차를 타고 다른 지방으로 영업을 가는데 저 멀리서 해가 지는 거야. 운전하면서 그 해를 보는데 갑자기 눈물이 쏟아지더라. 그 눈물이 멈추질 않는 거야. 할 일 끝내고 본사로 들어와서 팀장한테 이야기했어. 그만두겠다고. 근데 그 팀장이 나를 밖으로 부르더니 아이스크림을 하나 주면서 이렇게 말하는 거야. 딱 3년만 버텨 보라고. 지금은 힘들고 의미도 찾기 힘들겠지만 그렇게 버티다 보면 적응될 거라고. 원래 그 시기가 제일 힘든 거라고. 그러면서 자기 신입사원 시절 이야기를 해주는 거야. 아이스크림 먹으면서 그 이야기를 듣고 있으니까 퇴사해야겠다는 생각이 사라지더라고. 그리고 딱 3년만 버텨 보자고 다짐했어. 그때 이후로 지금까지 일하고 있는 거야. 지금은 그 팀장한테 얼마나 고마운지 몰라. 이렇게 힘든 시기에 번듯한 직장 가지고 가정 꾸리면서 사는 게 얼마나 고마운 일인데."

소장은 내게도 3년만 버텨 보라고 말했다. 혹시나 정규직이 안 되면 어쩔 수 없는 거지만 그 전에 그만두는 건 아니라고 했다. 자신이 팀장에게 고마움을 느꼈듯이 나도 그에게 고마움을 느끼는 순간이 올 거라고 했다. 참 고마운 사람이었다. 그에게 거듭 감사하다는 말을 남기고 업무로 복귀했다. 그리고 그 날 퇴근하면서, 나는 비로소 퇴사를 결심했다.

6.

진심을 담은 그의 말은 큰 감동이었다. 하지만 나는 과거의 그와 다른 선택을 했다. 3년을 버텨 회사에 적응하겠다는 선택이 아닌, 적응하기 전에 이곳을 떠나겠다는 선택을 한 것이다. 만에 하나 정규직이 된다고 하더라도, 언젠가는 회사에 적응한다고 하더라도, 정말 노력해서 높은 위치까지 올라간다고 하더라도 그게 도무지 내 행복으로 이어질 것 같지가 않았다. 물론 겪어보지 않았기에 장담할 순 없는 일이지만, 지금 이 상태로 불확실한 미래를 향해 나아가는 건 아니었다.

이곳이 나와 어울리지 않는 곳이라는 건 일찌감치 알고 있었다. 이곳과 어울리기 위해 나 자신을 바꿀 수 없다는 것도 알고 있었다. 만약에 바꾼다고 하더라도 그 모습이 날 행복하게 만들 수 없다는 것도 짐작할 수 있었다. 사실 선택할 근거는 충분했다. 하지만 계속해서 선택을 미루고 있었다. 회사의 선택을 기다리고 있었다. 참 비겁한 일이었다. 마치 일찌감치 이별을 생각하고 있었지만, 이별하자는 말을 꺼내기가 두려워 상대방의 통보를 기다리는 것과 비슷한 비겁함이었다.

소장과의 대화가 끝난 다음 날, 본사로 출근해 팀장에게 퇴사하겠다고 말했다. 팀장은 놀라는 기색이었다. 하지만 개인적인 사유라고 말하는 내게, 이유를 더 묻지는 않았다. 인사담당자를 찾아갔다. 이 중 절반만 정규직으로 전환될 수 있다고 말했던 그 인사담당자였다. 그 또한 매우 놀라는 기색이었다. 내게 퇴사 이유를 계속해서 물었지만, 이직을 준비한다는 거짓말로 답했다. 심란한 표정을 짓더니 인사담당자는 내게 알았다고 했다. 그리고 퇴사에 필요한 서류를 가지고 왔다. 나는 담당자가 건넨 펜으로 사인을 했다. 그게 끝이었다. 고민의 길이가 무색할만큼 퇴사의 절차는 간단했다. 내 공식적인 첫 퇴사는 이렇게 끝이 났다.

7.

"작가님, 안녕하세요. 불쑥 이런 고민을 말씀드려서 죄송합니다. 입사 후 내내 이 회사가 제게 맞는건지 고민했습니다. 돈은 벌어야 하니까 일은 하고 있는데 도무지 일해야 하는 이유를 찾지 못하겠습니다. 몇 달째 고민하다 며칠 전부터 퇴사를 결심했습니다. 그리고 고민 끝에 오늘 팀장님께 사직서를 내려고 합니다. 그런데 지금도 퇴사를 하는 게 맞는 건지 잘 모르겠습니다. 어떻게 하는 게 맞을까요? 작가님의 의견을 듣고 싶습니다."

퇴사하기 일보 직전인데 이게 맞는 건지 틀린 건지 모르겠다며, 내 의견을 구하는 메시지였다. 그는 자신의 삶에 놓인 중요한 선택의 순간에 나를 찾고 있었다. 내 의견을 말하는 건 그에게 전혀 도움이 되지 않는다고 생각했다. 그래서 대신 이렇게 답했다.

"어떤 선택이든 상관없습니다. 퇴사하셔도 되고, 퇴사하지 않으셔도 됩니다. 그게 본인의 선택이라면요. 그리고 그 선택을 본인이 온전히 책임진다면요. 어떤 선택이든 본인이 선택하셨으면 좋겠습니다. 저는 그 선택을 응원하겠습니다."

마치 과거의 내 모습을 보는 것 같았다. 마음은 이미 회사를 떠났지만, 회사를 떠난다는 선택을 하지 못했던 나였다. 마음속으론 이미 수백 번의 이별을 준비했지만, 이별을 통보하기가 어려워 선택을 유보했던 나였다. 그때의 내게 필요했던 건 주변의 의견이 아니었다. 무엇이든 '선택'하는 것이었다. 내가 해야 할 일은 회사에 있으면서 퇴사를 꿈꾸는 게 아니라, 사직서를 내면서 회사에 미련을 남기는 게 아니라 퇴사한다는 선택 또는 회사에 남아 최선을 다하겠다는 선택이었다.

돌이켜 보면 첫 직장에서 나를 괴롭혔던 건, 나 자신이 아니었나 싶다. 덜컥 붙어버린 직장에서 이유를 찾지 못해 힘들었던 것도 맞고, 예상치 못한 경쟁에 지쳐버렸던 것도 맞다. 하지만 그보다 나를 더 힘들게 만들었던 건, 선택해야 하는 순간에 선택하지 못하는 나 자신의 우유부단함이었다. 생각과 행동의 불일치에서 오는 괴리감이 나를 그토록 힘들게 했던 것 같다.

첫 퇴사를 앞두던 당시엔, 이게 내 인생의 가장 중요한 선택이라고 생각했다. 물론 착각이었다. 그 이후에도 난 수많은 선택을 해야만 했고, 훨씬 더 무거운 선택의 순간에 놓여야만 했다. 지금까지 그래왔고, 지금도 그렇고, 앞으로도 그럴 것이다.

거듭되는 선택의 순간에 난 여전히 고민한다. 선택의 무게에 따라 때론 머뭇거리기도 한다. 하지만 이제는 알고 있다. 결국, 어떤 선택이든 해야만 한다는 것을. 그 선택의 주체는 타인이 아니라 나라는 것을.

오늘도 난 수많은 선택을 한다. 내 선택들이 나를 어디로 이끌어가고 있는지는 몰라 답답할 때도 있지만 결국엔 웃을 수 있는 곳에 닿으리라 희망하며 선택한다. 난 앞으로도 그렇게 살아가고 싶다. 선택을 유보하는 사람이 아니라 '선택하는 사람'으로 살아가고 싶다.

「선택을 미루는 이유는, 나의 선택이 후회스러운 결과를 가져다줄까 봐 두렵기 때문이다. 그래서 때론 스스로 선택하기를 포기하고, 타인의 선택을 기다리기도 한다. 하지만 타인의 선택을 기다리는 삶이 얼마나 고통스러운 삶인지는 깨닫지 못한다. 선택을 미루는 시간이 자신의 삶을 좀먹고 있다는 사실은 눈치채지 못한다. 어떤 선택이든 상관없다. 그 선택이 본인의 것이라면, 그 선택의 결과를 본인이 온전히 짊어진다면, 어떤 선택이든 옳은 선택이다. 선택하지 않겠다는 선택을 제외한 모든 선택은 옳다.」

점을 찍어야 선이 생기고

선을 이어야 도형이 생기는 거야·

1.

나의 30대는 평범하지 않았다. 나는 지극히 평범하다고 생각했고 여전히 그렇게 생각하고 있지만, 남이 보기엔 그렇지 않은 삶이었다. 아니, 애초에 평범한 삶이란 도대체 무엇일까. 흔히 말하는 좋은 직장 얻고 마음이 맞는 배우자를 만나 결혼하고 아이를 낳는 삶이 평범한 삶일까. 만약 그렇다면, 나는 왜 그런 삶에서 이렇게나 비껴간 것일까. 내가 평범한 삶을 거부한 건 언제부터였을까. 생각해보면 이 모든 건 그때부터였던 것 같다. 생에 처음 선택이란 걸 했던, 주변의 우려를 뒤로하고 호주로 가겠다는 선택을 했던, 그때부터였던 것 같다.

2.

 대학에 들어가서 느낀 감정은 막막함이었다. 모든 게 막막했다. 앞으로 감당해야 할 생활비도 막막했고 다리도 제대로 뻗기 힘든 고시원도 막막했다. 대책 없는 학비도 막막했고, 졸업 이후의 삶도 막막했다. 신입생이니까 즐기라는 말은 내게 사치였다. 즐기는 척 해봤지만, 어설플 뿐이었다. 빨리 목표를 정해 그 목표를 달성하고 졸업하고 싶었다. 하지만 내 목표가 뭔지 알 수 없었다.

 막막한 마음에 군대로 도망쳤다. 더딜 것 같았던 시간은 순식간에 흘러갔다. 전역을 앞두고도 내 미래는 여전히 막막했다. 대학으로 복학한다고 해서 딱히 즐거울 것 같지도 않았고, 앞으로 딱히 되고 싶은 것도, 하고 싶은 것도 없었다. 기짓말 조금 섞자면 오히려 군대에 있는 게 편할 것 같다는 생각까지 했다. 군대에서는 내게 주어진 일과를 따라가다 보면 어느새 하루가 갔으니까. 미래에 뭘 할지 고민하지 않아도 내 삶은 그럭저럭 흘러갔으니까. 물론 힘든 일들은 많았지만, 최소한 불안한 마음은 없었다.

하지만 사회는 달랐다. 오늘을 계획하고 내일을 계획해야 했다. 그것도 벅찬데 사회에서는 내 삶 전체를 계획해야 한다고 했다. 꿈은 필수라고 했다. 그 시절, 수많은 책에서 말했다. 꿈이 없는 삶은 곧 죽은 삶이라고.

여기저기서 그렇게 떠드니까 꿈이 없는 내가 겁나기 시작했다. 그래서 제목을 말하면 누구나 알 법한 꿈에 관련된 자기계발 서적들을 찾아봤다. 책을 읽으면 읽을수록 꿈을 달성하기 위한 내 인생의 계획이 없으면 큰일이 날 것만 같았다.

하지만 내 경각심과는 별개로 나는 꿈을 가질 수 없었다. 좋아하는 일과 잘하는 일의 교집합을 찾아보라는 누군가의 말을 따라 그 교집합을 찾으려 부단히도 노력했다. 하지만 교집합을 찾기란 불가능했다. 왜냐면 난 좋아하는 일도 없었고, 잘하는 것도 없었으니까. 제로와 제로의 교집합은 제로일 뿐이었다. 난 불안한 마음으로 전역을 했다. 그리고 의미를 찾기 힘든 복학을 앞두고 있었다.

3.

"엄마, 나 복학 미루고 호주에 갔다 오려고."

엄마는 조금 놀라는 눈치였지만, 요즘 대학 수업 따라가려면 영어는 필수라는 내 핑계에 수긍했다. 뭐, 영어를 공부하려는 것도 이유라면 이유였겠지만, 호주 워킹홀리데이를 선택한 이유는 불안 때문이었다. 내 전공에 대한 불안, 대학 학비에 대한 불안, 서울에서 살며 지출될 생활비에 대한 불안 그리고 내 계획 없는 미래에 대한 불안.

이 상태로 복학하면 비싼 학비만 축내다 졸업을 앞

두고 적당한 기업에 입사지원서를 넣고 날 받아주는 적당한 기업에 취업해서 적당히 일하다가 생을 마감할 것만 같았다. 물론 그 적당한 삶을 사는 것도 실패해 벼랑 끝에 매달리는 삶을 살지도 모르는 일이었다.

지금 생각하면 나이도 어린 게 뭐가 그렇게 불안하고 두려웠는지 모르겠다. 하지만 그 당시 내 불안은 그 정도로 컸다. 그래서 미래로의 걸음을 최대한 멈추고 싶었다. 마치 빨리 감기를 누른 것만 같은 내 삶에 일시 정지 버튼을 눌러주고 싶었다. 호주를 다녀와서도 여전히 불안하고 대책 없는 삶을 살아갈 수도 있지만, 적어도 호주에서는 미래를 잊고 잠시 순간에 정지한 상태로 살고 싶었다. 그래서 호주를 택했다. 그런데 한가롭게 관광을 할 수 있을 만한 돈은 없었다. 그래서 비행기 티켓 값만 있으면 떠날 수 있는 워킹홀리데이 비자를 택했다.

4.

　호주로 떠나기 위한 첫 번째 스텝은 편의점 야간 알바였다. 전역하자마자 집 앞에 있는 편의점에서 야간 알바를 시작했다. 밤낮이 바뀐 덕분에 잠을 설치긴 했지만 그리 힘들지 않았다. 비행기 티켓 값을 모으기 위한 3개월은 쏜살같이 흘러갔다. 정신을 차려보니 부모님과 버스 터미널에서 이별 인사를 하고 있었고, 홀로 시드니행 비행기 티켓 한 장과 여분의 자금 70만 원을 챙겨 인천공항으로 향하고 있었다.

　잠깐만, 70만 원이라니. 지금 생각해보면 참 무모했다. 무슨 생각이었는지 모르겠다. 젊음에서 나온 패기였을까, 무식함에서 나온 용기였을까. 호주에 도착해서 일주일간의 집세를 내고 나니, 내 주머니엔 고작 30만 원 정도가 남았다. 여유 자금은 턱없이 부족했다. 지금 당장 일을 하지 않으면 다음 주 집세를 낼 수가 없었다. 현실이었다.

짐을 풀자마자 내가 한 건 그 유명한 시드니의 오페라 하우스를 구경하러 간 것도, 집에 함께 사는 사람들에게 인사를 한 것도 아니었다. 대강 짐을 정리하고 곧바로 일자리를 구했다. 하루 만에 제대로 된 일자리를 구하는 건 무리였다. 다행히 일급을 받고 일할 수 있는 단기 일자리는 있었다. 나는 일자리를 주선하는 사람에게 바로 연락을 했고, 다음날 바로 공장으로 출근했다.

내가 하는 일은 공장 창고를 정리하는 일이었다. 다음 직업을 찾을 때까지 최대한 오래 버티려고 했다. 그래서 최대한 열심히 일하는 모습을 보여주려고 했지만, 몸이 따라주지 않았다. 시차는 없었는데 이상하게 몸이 힘들었다. 하루는 그럭저럭 견딜만 했지만, 이튿날엔 결국 몸살에 걸리고 말았다. 아마, 잠 한숨 제대로 못 자고 온 장시간의 비행 때문이었나 보다. 사장님은 내게 "앞으로도 계속 같이 일하면 좋을 텐데 더 이상 인력이 필요가 없을 것 같아서요."라는 형식적인 인사와 함께 몸살에 빌빌거리고 있는 나를 잘랐다.

　나는 곧바로 다른 직업을 선택하지 않으면 안 됐다. 무슨 직업이든 상관없었다. 내가 할 일은 수많은 선택지를 앞에 두고 선별하는 일이 아니었다. 무엇이든 그냥 '선택'하는 것이었다.

5.

　내가 다음으로 향한 곳은 이삿짐센터였다. 이유는 없었다. 먼저 이삿짐 일을 하고 있던 지인의 추천을 받아 시작한 일이었다. 머뭇거릴 시간이 없었기 때문에 흔쾌히 제안을 받아들였고, 공장 청소가 끝난 다음 날, 비로 일을 시작할 수 있었다. 이삿짐 청소 일은 의외로 재밌었다. 딱히 머리를 쓸 필요 없이 이삿짐을 집에서 트럭까지 옮기기만 하면 됐다. 그리

고 트럭으로 옮겨진 짐을 새로운 집에다 내려놓으면
됐다.

나는 보통 1시간 정도가 걸리는 이동 시간이 참 좋
았다. 동료들과 이런저런 이야기도 하고, 가끔 노을
이 지는 하늘을 바라보며 생각에도 잠기고, 노곤함
을 이기지 못해 낮잠에도 빠졌다. 당분간 아무 고민
없이 이 일을 하면서 호주 생활을 즐기면 되겠다고
생각했다. 그러나 이삿짐 일을 시작한 지 일주일 정
도 됐을 때, 날 소개해줬던 지인이 내게 이렇게 말했
다. "사장님이 오늘까지만 일하고 내일부터는 나오
지 말란다."

덩치가 작다는 게 이유였다. 살면서 한 번도 내 덩
치가 작다고 생각해본 적은 없었다. 하지만 온종일
운동만 하며 살 것 같은 그들의 체격에 비하면 작은
건 사실이었다. 자르는 이유도 참 가지가지였다. 억
울해할 필요도, 그럴 시간도 없었다. 때론 내 선택
의 결과가 타인의 선택에 의해 망가질 수도 있는 거
다. 덩치가 작다는 이유로, 머리 색이 검은색이라는

이유로, 영어를 못한다는 이유로 잘려도 할 수 없다. 욕을 할 수는 있을지언정 내가 그의 선택을 돌이킬 순 없었다. 내가 할 수 있는 건, 다음 선택이었다.

집에 가자마자 다음 선택지를 정했다. 시드니에서 한 시간 정도 떨어져 있는 포트 스테판이라는 지역의 하우스키핑 일자리였다. 포트 스테판이 어떤 지역인지, 하우스키핑이 구체적으로 어떤 일을 하는 건지 제대로 알지 못했다. 하지만 리조트의 하우스키퍼가 된다면 꽤 오랫동안 일할 수 있을 거라는 생각이 있었기에 별 고민 없이 이력서를 넣었다. 그리고 며칠 뒤, 시드니 내의 한 건물로 면접을 오라는 문자를 받았다.

6.

면접장의 문을 열고 들어갔다. 사장은 한국인이었
다. 영어는 잘못해도 한국어는 자신 있었다. 지금 당
장 일하지 않으면 나는 한국으로 돌아가야 할 수도
있다고 했다. 생각보다 정말 힘들 거라는 사장의 말
에, 정말 힘든 이삿짐 일도 재밌게 했다고, 오히려
육체적으로 힘든 일을 찾고 있다고 했다. 워킹홀리
데이 비자가 끝나는 1년간, 다른 곳에 눈길을 돌리
지 않고 이 일만 할 수 있겠냐는 사장의 질문에 사장
의 눈을 똑바로 보고 이렇게 말했다. "물론이죠."

없는 진정성까지 만들어가며 온 힘을 쏟아낸 면접
이었다. 덕분에 난 호주에 온 지 한 달 만에 골프 리
조트 하우스키퍼라는 일자리를 구할 수 있었다. 나
는 곧장 시드니를 떠나 포트 스테판으로 향했다.

리조트에 도착해 기존에 일하고 있는 직원들과 인
사를 나눴다. 모두 한국인이었다. 현지인을 채용하

지 않는 이유가 궁금했다. 사장님이 한국인이니까, 아마 한국인의 정 때문이 아닐까 싶었다. 어찌 됐든 도착한 다음 날부터, 나는 팀의 리더에게 일을 배웠다.

일은 간단했다. 휴가를 마치고 나간 고객의 방을 다음 고객을 위해 깔끔히 치우는 일이었다. 침대 시트를 교체하고 청소기를 돌리고 더러워진 주방 기기를 설거지하고 화장실을 청소하는 일이었다.

문제는 집 크기가 대략 50평이었다는 거, 그 집을 바쁠 땐 한 시간 내로 청소해야 한다는 사실이었다. 인수인계를 해주는 리더에게 그 이야기를 들었을 땐, 이게 인간으로서 가능한 일인가 싶었다. 하지만 한 치의 흐트러짐 없이 최단거리의 동선을 유지하며 미친듯한 속도로 방을 정리하는 리더의 모습을 보며, 인간은 위대한 존재라는 걸 깨달았다.

그는 정확히 한 시간 만에 그 큰 집을 깔끔하게 치워냈다. 시드니에서 한 시간이나 떨어져 있는 이곳 포트 스테판까지 왔다. 이번엔 잘릴 수 없었다. 어떻

게든 해내야 했다. 그렇지 않으면 이번엔 정말 한국
으로 돌아가야 할지도 모른다는 생각이 들었다.

7.

"누나, 내가 도와줄게요." 오늘 내게 할당된 집을
다 해치우고 상대적으로 속도가 더딘 동료를 도와줬
다. 둘이서 힘을 합쳐 집을 청소하고 있으니 일을 끝
마친 형 한 명이 합세해 일을 도왔다. 처음엔 불가능
할 것 같던 일이었지만, 이제는 혼자서 거뜬히 할당
량을 끝마칠 수 있었다. 게다가 내 일이 끝나면 동료
들의 일을 도울 수 있는 여유까지 생겼다.

장갑을 끼고 벗을 시간이 아까워서 맨손으로 일하
느라 화학 약품에 피부가 갈라지긴 했지만 나는 이
일에 완벽히 적응하고 있었다. 그리고 동료들과 끈

끈한 우정도 쌓고 있었다.

　사장님은 매주 우리가 일을 잘하고 있는지, 애로사항은 없는지 확인했다. 그리고 타지에 있으니 그리울 법한 음식들, 삼겹살, 김치, 비빔면과 같은 한국 음식들을 사다 주셨다. 그러면서 매번 끈기를 강조하셨고 자신이 어떻게 청소회사를 일궈왔는지 말씀해주셨다. 자신도 하우스키퍼로 시작했고 그만두고 싶은 생각도 많이 들었지만, 이를 악물고 견뎌냈다고 했다. 이 모든 건 인내를 거듭한 성과라고 했다. 오실 때마다 먹을거리를 챙겨 주시고 좋은 말씀을 해주시는 그에게 감사함을 느꼈다. 타지에서 만나기 힘든 참 좋은 사람이라는 생각이 들었다. 그리고 그 생각은 한참이 지나서, 내 통장에 쌓여가는 돈을 확인할 여유가 생길 때쯤 깨져버렸다.

8.

"형, 이거 너무 적은 거 아니에요?"

같이 일하는 형에게 너무 적은 급여에 대한 불만을
토로했다.

"그러게 말이다. 그래서 한국인들 사이에서 그런
말 많잖아. 호주 가서 절대 한국인 사장 아래서 일하
지 말라고."

같이 일하는 형들도 적은 급여에 대한 불만을 느
끼고 있었지만, 딱히 대안은 없었다. 급여는 적었지
만 그래도 이런 환경에서 일하는 것도 감지덕지 하
다는 게 그들의 입장이었다. 하지만 난 불만이었다.
실제로 일한 근로시간과 급여를 따져보면 당시 최저
시급보다 훨씬 못 미치는 급여를 받고 있었다. 그 큰
집을 한 시간 내에 치워야 했던 우리에게, 시간을 아
끼려 장갑도 끼지 않고 일하는 우리에게, 각자의 희
망을 품고 호주까지 온 우리에게 그 급여는 너무 가

혹한 수준이었다. 따지고 싶었다. 이건 정상적인 급여가 아니라고, 급여를 올려달라고 대들고 싶었다. 하지만 나는 어렸고 사장은 우리에게 고마운 존재였다. 차라리 우리에게 대놓고 욕을 하고 혹독한 일을 시키는 악덕 사장이었다면 이판사판 대들었을 것이다. 하지만 그는 우리에게 선한 사람이었다. 매주 우리의 냉장고를 채워주고 좋은 덕담을 해주던 고마운 사람이었다. 하지만 그건 그거고, 돈은 돈이었다. 호주에서의 남은 시간을 부당한 대우를 받으며 보낼 순 없었다. 공장 청소와 이삿짐센터를 그만두게 된 건 타의였지만, 이번엔 자발적으로 그만두겠다는 선택을 했다.

이런 내 생각을 알 턱이 없는 사장은 이번에도 삼겹살과 비빔면을 들고 우리의 숙소를 방문했다. 나는 사장에게 자세한 사정은 말하지 않고 일을 그만두겠다고 말했다. 그랬더니 평소엔 그렇게 온화하던 사장이 내 말에 버럭 화를 내며 이렇게 말했다.

"없는 일자리 구해주고 지금까지 먹여주고 재워줬

더니. 뭐? 그만둬? 너 면접 때 나한테 뭐라 그랬어? 호주 있는 내내 여기서 일하겠다고 안 했어? 사정 딱해서 뽑아줬더니 이제 좀 배부르니까 그만두겠다고?"

사장은 한참을 꾸짖었다. 꾸중을 들으면 들을수록 마치 내가 죄인이 되어가는 듯한 느낌을 받았다. 급여의 부당함에 대해서는 말을 꺼낼 수도 없었다. 이야기가 계속될수록 나는, 내게 선의를 베푼 그를 배신한 죄인이 되어갔다.

참 교묘했다. 나는 주인을 배신한 노예였다. 그리고 사장은 잘 수 있는 잠자리, 굶주리지 않을 먹을거리, 부족하지만 일에 대한 일정한 보상을 주는 주인이었다. 사장의 이중적인 모습에 충격을 받았다. 하지만 충격 속에서도 나는 그만두겠다는 의견을 굽히지 않았다. 사장은 꺼지라는 듯한 표정으로 나를 노려봤다. 결국, 난 내 의지대로 그곳을 나왔고, 아쉽지만 동료들과 작별 인사를 했다.

안에 있을 땐 잘 몰랐는데, 그 자리를 나오고 나니

보이지 않던 것들이 보였다. 왜 우리는 방을 치우면서 육체적 한계를 시험해야 했는지, 왜 그렇게 열심히 일했는데 모이는 돈은 없었는지, 왜 사장은 우리에게 끈기를 강조했는지, 왜 사장은 너그러운 가면을 쓰고 있었는지.

우리는 결국, 사장의 배를 채우기 위한 수단이었다. 어찌 됐든 그게 합당하다고 생각하면 남는 거고, 부당하다고 생각하면 나가면 되는 것이었다. 어린 나이라 무엇이 맞고 틀린 지 선택할 수 있는 기준이 부족했지만, 난 후자를 택하기로 했다.

9.

다음 행선지는 멜버른이었다. 그곳에서 내가 할 일은 단열재를 설치하는 일이었다. 단열재가 뭔지, 그

걸 설치하는 게 무슨 일인지 알 수 없었다. 사장은 호주 시민권을 가진 베트남 사람이었고, 내가 일한 만큼 돈을 벌 수 있는 직업이라고 생각해서 그 일을 선택했다.

문득, 내가 자발적으로 무언가를 그만두겠다고 선택한 게 처음이라는 걸 깨달았다. 그리고 새로운 직업을 택하는 게, 잘 알지도 못하는 세계에 발을 들이는 게 전보다 훨씬 편해졌다는 사실도 깨달았다. 시드니든, 포트 스테판이든, 멜버른이든 위치는 중요하지 않았다. 공장 청소든, 이삿짐이든, 하우스 키퍼든, 단열재 설치든 무슨 일인지도 별로 중요하지 않았다. 무엇이든 내가 스스로 선택할 수 있는 존재가 되어간다는 사실이 중요했다. 앞으로도 계속 그럴 수 있다면, 남은 호주에서의 시간도 나쁘지 않을 거라는 믿음이 생겼다.

멜버른에서 했던 단열재 설치 일은 정말 쉽지 않았다. 지붕 위로 올라가, 사람이 들어갈 수 있을 크기만큼의 기와를 몇 개 뜯어내고, 그 안으로 들어가 지붕 속에서 단열재를 까는 일이었다. 정말 말도 안 되는 무더위 속에서 작업했기 때문에 지붕 안에서 사람 구이가 되기 전에 일을 끝마치는 게 관건이었다.

단열재를 설치하는데 내게 주어지는 금액은, 집 한 채당 50달러였다. 혼자 하는 일은 아니었다. 네 명이 팀을 이뤄 일했고, 덕분에 한 집을 해치우는 데 드는 시간은 고작 20분 정도였다. 그렇게 한 집을 해치우고 서늘한 그늘에 누워 쉬다가 다른 장소로 이동했다. 일은 우리가 할 수 있는 만큼 했으며, 욕심이 나면 매니저에게 일을 더 하자고 했다.

물론 무더위에 유릿가루가 촘촘히 박혀있는 단열재를 까는 건 쉬운 일이 아니었다. 하지만 넘치는 보상과 따뜻한 매니저, 즐거운 동료들과 함께였다. 육체적으론 분명 힘든 일이었지만 심적으론 너무나 즐거웠다. 그 즐거움이 너무 컸기에 육체적 고통마저 즐겁게 느껴졌다.

동료들과 그늘이 있는 시멘트 바닥에 누워 쉬다가 문득 그런 생각을 했다. 이 일을 시작하길 참 잘했다

고. 그 리조트 그만둔 거 참 잘했다고. 무언갈 새로
시작하겠다는 선택, 무언가를 그만두겠다는 선택을
예전보다 편하게 할 수 있는 지금이 너무 자유롭다
고. 앞으로도 이렇게 살 수만 있다면 행복할 것 같다
고.

10.

  이후에도 나는 많은 선택을 했다. 멜버른에서 포트
헤드랜드라는 미지의 지역으로 떠난다는 선택을 했
고, 그곳에서 청소 일을 한다는 선택을 했다. 이후엔
일자리를 두 개나 얻어 새벽부터 밤늦게까지 일을
하겠다는 선택을 했다. 정말 많은 사람을 만났고, 정
말 많은 걸 경험했고, 정말 소중한 것들을 가슴 깊이
새겼다. 평생 잊지 못할, 지금도 여전히 꺼내보며 웃

음을 짓게 만드는 그런 추억들을 쌓았다.

막연한 마음에 불안을 떨치려 호주로 떠났다. 아무런 계획도 없이 미래에 대한 고민을 잠시나마 내려놓고 싶어서 떠났다. 많은 걸 얻었다. 대학 생활비로 충분할 만큼의 돈도 벌었고, 수업을 따라가기 힘들지 않을 정도의 영어 실력도 길렀다. 하지만 그보다 더 중요한 건 '스스로 선택할 힘'을 길렀다는 것이다.

나는 선택을 모르는 사람이었다. 어떤 대학을 갈지 어떤 전공을 택할지도 몰랐다. 내가 선택하기보다는 가까운 사람에게 먼저 물었고, 가까운 사람의 조언을 따랐다. 대학에 들어가서도 내가 따랐던 건 내가 아니라 주변이었다. 남들이 시작하는 모습을 보고 이른 토익 공부를 시작했고 학점을 잘 받기 위해 관심도 없는 과목을 수강했다. 주변을 따라가면 적어도 중간은 간다는 마음이었다. 하지만 그들을 따라갈수록 내가 잃는 건, 스스로 선택할 힘이었다.

내 삶을 선택할 힘이 없었기에 불안은 커졌다. 꿈

이라는 큰 도형을 그리고 싶었지만 내가 스스로 찍은 점이 없었기 때문에 그릴 수 없었다. 내가 선택한 점들을 이어 선을 만들고, 그 선들을 이어 내 삶을 만들었어야 했는데 그렇게 할 수가 없었다. 내 삶에 내 선택이 없었기 때문이다. 내 삶에 나라는 사람이 없었기 때문이다.

그리 길지 않았던 타지에서의 경험에 너무 의미부여를 하는 게 아니냐고 생각할 수도 있다. 하지만 뭔가를 스스로 선택한 일이 처음이었기에 그 의미는 클 수밖에 없었다. 그동안 내 삶에 내 선택이 없었다는 사실을 깨달은 것만으로도 가치 있는 시간이었다. 앞으로 살아갈 삶의 형태는 모두 내 선택이 만든다는 걸 깨달은 것만으로도 충분히 가치 있는 시간이었다. 도형을 그리기 전에 선을 그려야 한다는 것, 선을 그리기 전에 점을 찍어야 한다는 걸 깨달은 것만으로도 정말 값어치 있는 경험이었다.

「내가 원하는 삶을 하나의 도형이라고 치면, 내가 가장 먼저 해야 할 일은 여러 점을 찍어나가는 것이다. 그 점을 찍어 선으로 연결하고, 다시 그 선들을 연결해 하나의 도형을 완성하는 것이다. 오로지 나만의 고유한 도형을 만드는 것이다. 다시 말하자면, 가장 먼저 해야 할 일은 도형을 그리는 것도, 선을 잇는 것도 아닌 점을 찍는 일이다. 이게 어떻게 연결될지, 훗날 어떤 모습을 하게 될지 생각하는 게 아니라 일단 찍는 것이다. 일단 선택하는 것이다. 그 선택들이 당신만의 고유한 도형을 만들 거라고 믿고, 계속해서 나아가는 것이다.」

무언가의 끝엔 항상 새로운 시작이 기다리고 있다

1.

"대기업에 들어간 친구가 있어. 그 친구가 능력이 좋아서 졸업하자마자 취업에 성공했거든. 근데 좀 다니다가 퇴사를 하더라고? 내가 왜 그렇게 좋은 곳을 나왔냐고 물어보니까 더 좋은 곳에 가려고 퇴사했다는 거야. 그리고 다른 회사에 여기저기 지원을 하더라고. 근데 어떻게 된 줄 알아? 다 떨어진 거야. 처음엔 현실을 부정하다가 계속 떨어지니까 기준을 좀 더 낮춰서 지원하더라고. 그런데도 계속 떨어지는 거야. 걔 아직도 취업 준비하고 있어. 얼마 전에 만났는데 나한테 그러더라. 지금 다니는 회사 절대 그만두지 말라고. 그만두면 기회가 생길 것 같지만 그건 착각이라고. 그래서 난 아무리 힘들어도 안 나가려고. 그냥 이게 유일한 기회라고 생각하는 게 맘 편한 것 같아."

제약회사 연수 기간, 나보다 나이가 한 살 많았던

형이 내게 해준 이야기다. 이 업계가 보통이 아니라 1년도 못 버티고 퇴사하는 사람이 수두룩하더라는 나의 말에, 그는 결의에 찬 눈으로 말했다. 지금의 기회를 놓치면 또 다른 기회는 없을 거라고 했다. 사람들은 지금보다 더 좋은 기회를 잡을 수 있을 거라 믿고 새로운 기회를 찾아 나서지만, 그건 착각이라고 했다. 지금 쥐고 있는 걸 놓고 새로운 걸 쥐려다가 모든 걸 잃을 수도 있다고 했다. 알았다고, 나는 그럴 일 없으니까 걱정하지 말라고 이야기는 했지만, 난 속으로 이렇게 생각하고 있었다.

'너무 섣부른 판단 아닌가? 몇 달 뒤에 그 사람이 더 좋은 곳으로 이직하게 될지 누가 어떻게 알아. 이직이 아니라 다른 기회가 생길 수도 있는 거고.'

2.

내가 호주에서 마지막으로 머물렀던 지역은 포트 헤드랜드라는 곳이었다. 멜버른에서 같이 일했던 매니저가 그 지역의 마트 청소 일자리를 소개해줬기 때문이다. 청소 일을 하며 받는 시급은 20달러라고 했다. 새로운 일을 찾던 중에 참 고마운 제안이었다.

단, 조건이 하나 있었는데 최소 3개월 이상 일을 해야 한다는 것이었다. 그 조건을 확실히 지키기 위해 보증금을 내야 한다고 했다. 보증금의 액수는 1,500달러, 한화로 150만 원 정도의 금액이었다. 만약 내가 3개월 이내에 그만두면 그 돈은 고스란히 내 주머니에서 나가는 것이었다.

누군가에겐 별거 아닐 수도 있지만, 당시의 내겐 정말 큰 금액이었다. 하지만 보증금이 내 선택에 큰 영향을 끼치진 않았다. 내가 일을 그만둘 리가 없다고 생각했기 때문이다. 하우스 키퍼와 단열재 일로 다져진 내가, 그깟 마트 청소 일 하나 견디지 못할 리가 있나. 나는 기꺼이 1,500달러를 보증금으로 냈고, 포트 헤드랜드의 마트 청소부가 됐다.

포트 헤드랜드는 참 낯선 지역이었다. 가만히 있어도 땀이 송골송골 맺힐 정도로 날은 더웠고, 땅은 온통 붉은 흙으로 가득했다. 공항은 동네 버스 터미널 정도의 크기였고, 편의시설은 그렇게 많지 않았다. 시골에서도 한 시간 정도는 더 들어가야 있을 법한, 시골 중의 시골 같은 느낌이었다. 이런 황무지 같은 지역에서 일자리를 구한 건, 참 행운이라고 생각했다.

공항에 도착하니 나보다 먼저 일을 하고 있던 인도인 청소부가 마중을 나왔다. 그는 돈을 벌기 위해서 호주에 왔고, 이른 아침에 출근해서 밤늦게까지 일을 해왔다고 자기소개를 했다. 어떻게 쉬지도 않고 매일, 그것도 온종일 일할 수 있냐고 물었더니 'Money'라는 간단한 답이 돌아왔다. 인도에 있는 가족을 위해 돈을 벌어야 했고, 이제는 그 돈을 챙겨

고국으로 돌아간다고 했다.

그가 돈을 벌어야 하는 이유에 비하면 그 무게가 한참 못 미치지만, 나도 돈이 필요했다. 한국으로 돌아가면 대학 생활비 정도는 내가 직접 부담하고 싶었기 때문이다. 학비만 해도 버거운 부모님의 어깨에 서울살이하는 데 필요한 생활비까지 얹어드리고 싶진 않았다.

간신히 굴러가는 그의 차를 타고 내가 머물 집에 도착했다. 좁은 방에 세 개의 매트리스가 깔려있었다. 양 끝은 나보다 일찍 온 사람들의 차지였고, 나는 그들 사이에 짐을 풀고 매트리스에 앉아서 생각했다.

'하루에 10시간 일하니까 하루에 200달러. 한 달이면 6,000달러. 넉 달이면 24,000달러. 여기서 집세, 생활비, 식대 다 떼도 한국 돌아가서 쓸 생활비론 충분하겠다. 그래, 남은 시간 여기서 별생각 말고 청소 일이나 열심히 하다 가야지.'

고작 시급 몇천 원이던 한국에서는 상상도 하지 못

할 금액이었다. 귀국까지 몇 달 남지도 않았는데, 그냥 아무 생각 없이 돈이나 벌다 가리라 다짐했다. 웬만하면 잘릴 일도 없고 딱히 어려울 것도 없지만, 그에 대한 보상은 과할 정도로 충분했던 청소 일은, 내게 주어진 좋은 기회라고 생각했다.

3.

마트 청소 일은 너무 쉬웠다. 전에 하던 일들에 비하면, 너무 쉬워서 지루하기까지 했다. 아침부터 저녁까지 마트를 돌아다니며 청소를 하는 게 일의 전부였다. 심지어 마트는 너무 깨끗했다. 쓸고 닦을 걸 찾는 게 일이지, 실제로 청소할 쓰레기는 많지 않았다. 가끔 손님들이 달걀을 깨거나 음료를 엎지르면, 그걸 닦아내는 게 내 일이었다. 마트의 고객들이 의

도적으로 바닥에 쓰레기를 버리지 않는 한, 내 빗자루와 밀걸레가 출동할 일은 없었다. 이렇게 편한 일이 있나 싶을 정도였다.

군이 이 일의 단점을 찾자면, 근무 시간 동안 다른 일을 할 수가 없다는 것이었다. 할 일이 없다고 해서 이어폰을 귀에 꽂고 노래를 들을 수도 없고, 지쳐서 좀 앉고 싶어도 앉을 수가 없었다. 일이 없어도 청소 카트를 끌고 계속해서 마트 안을 돌아다녀야 했다. 그렇게 하지 않으면 게으름을 피운다는 이유로 해고당할 수도 있다고, 매니저가 단단히 일러줬기 때문이다.

그 정도야 대수롭지 않은 일이었다. 청소 카트에 내 체중을 절반 정도 싣고 마트를 어슬렁거리면 되는 일이었다. 일하면서 말을 나눌 사람도 없고 시간이 좀 더디게 흐르긴 했지만, 그래도 내가 하는 일에 비해 과분한 보상을 받을 수 있는 감사한 일이었다. 4개월 정도만 이렇게 어슬렁거리다가 생활비 한 몫 단단히 챙겨 한국으로 돌아간다면, 1년 간의 호주 생활이 깔끔하게 마무리될 거라고 생각했다.

4.

한 달이 지나니 마트의 구석구석을 모두 다 알게
됐다. 호주에는 어떤 브랜드의 상품들이 있는지, 어
떤 상품이 어느 매대에 진열돼있는지, 마트엔 어떤
직원들이 일하고 있는지, 호주의 물가 수준이 어느
정도인지, 마트에 관련된 건 모르는 게 없을 정도였
다.

처음 며칠은 신기한 것들로 가득했던 공간이, 한
달이 지나자 익숙한 공간으로 변했다. 내가 온종일
몸을 담고 있는 공간이 익숙해지는 게 썩 좋은 일은
아니었다. 공간이 익숙해질수록 시간은 점점 더디게
흘러갔기 때문이다. 익숙한 공간 안에서도 하는 일

이 다채롭다면 이야기가 달랐을 테지만, 내가 하는 일은 '쓸고, 닦고', 이 두 단어면 더는 설명이 불필요할 만큼 단순했다.

잘 이해가 가지 않을 정도로 더디게 흐르는 시간을 빨리 감아보려 이런저런 방법을 찾았지만, 내가 할 수 있는 일이 별로 없었다. 손님들에게 인사도 건네보고, 흐트러진 매대의 상품도 다시 진열해보고, 불필요한 청소도 자발적으로 해봤지만 모두 실패였다. 시간은 여전히 더디게 흘렀다. 이 지루함을 같이 나눌 수 있는 동료라도 있었더라면 좀 나았을까. 이야기를 나눌 수 있는 사람이 한 명도 없다는 게 가장 힘들었다. 오죽했으면 혼잣말로 나 자신에게 농담을 던졌겠는가. 마트라는 외딴 섬에 홀로 있는 기분이었다.

나보다 먼저 일했던 인도인 청소부의 얼굴이 떠올랐다. '그는 이 고독함과 지루함을 도대체 어떻게 견뎌냈을까. 그래, 돈, 가족 때문이라고 했지. 그렇다고 해도 지루하긴 했을 거 아냐. 그 사람은 야간까지 일했다고 했는데. 도대체 어떻게 버틴 거지. 그냥 생각 자체를 멈춰야 하는 건가. 근데 이 생각은 어떻게 멈추는 거지. 지루할수록 생각이 많아지는데 어떻게 해야 하는 걸까.' 이 모든 생각을 멈추고 시계를 봤다. 고작 몇 분이 흘러있을 뿐이었다.

아무것도 생산할 수 없고, 그렇다고 편히 쉴 수도 없는 상태로 하루를 보낸다는 건 상상 이상으로 고통스러운 일이었다. 천천히 흐르다 못해 멈춰있는 것만 같은 시계가 야속했다. 그때의 내 상황을 어떻게 묘사해야 쉬울까. 마치 아무것도 하지 않고 시계의 초침만 보면서 하루가 흘러가길 기다리는 상황이랄까. 권태로움과 무의미함에 나는 거의 정신을 놓을 뻔했다.

미칠 노릇이었다. 하루하루가 지날수록 마트는 숨막히는 공간이 됐다. 하지만 버텨야 했다. 버티지 못하고 그만둔다면 내 이끼운 보증금을 고이 보내줘야만 했다. 그리고 지루하다는 이유로 이 일을 그만두기엔 아까운 기회였다. 귀국까지 얼마 남지도 않은 시점에서, 이것보다 더 나은 일을 구할 수 있다는 보장도 없었다. 그 황무지에서 내가 일할 곳을 찾는다는 건, 거의 불가능했다.

그만두고 싶다는 생각이 불쑥 튀어나올 때마다 보증금을 떠올렸다. 지금의 내겐 이 일이 최선이라고 스스로 최면을 걸었다. 지루함으로 가득한 이 시간을 어떻게든 잘 흘려보내야겠다고 다짐했다.

5.

그렇게 억지로 버티던 어느 날, 떠올리지 말아야 할 질문을 툭 하고 던져버렸다. '왜' 버티고 있는가 하는 질문이었다.

질문에 대한 답은 간단했다. 돈 때문이었다. 그럼 청소 일이 아니라 다른 일로 돈을 벌 수는 없는 건가 질문했다. 쉽지 않았다. 편의시설도 많지 않은 이 시골에 일자리가 많아 보이진 않았고, 일자리가 있다고 해도 비자 기간이 얼마 남지 않아 나를 써줄지 의문이었다. 정말 운이 좋아 새로운 일을 구한다고 해도, 그 일이 청소 일보다 여건이 나을 거라는 보장도 없었다. 결국, 내가 버티고 있는 이유는, 지금 손에 쥐고 있는 것보다 더 나은 기회가 없을지도 모른다는 두려움 때문이었다.

그런데 기회의 부재에 대한 두려움보다 무료함에서 오는 스트레스가 훨씬 컸었나 보다. 걸레를 빨다 말고 소리를 지르고 있는 나를 바라보며, 이대론 안 되겠다 싶었다. 보증금이고, 돈이고, 될 대로 되라는 상황까지 왔을 때, 나는 매니저를 찾아가 일을 그만두겠다고 말했다. 보증금은 시원하게 날려 먹었고, 붉은 모래 가득한 황무지 같은 그곳에서 나는 백수가 됐다.

6.

일을 그만두고 나니 숨통이 트였다. 집으로 돌아오는 길에 하늘을 쳐다봤다. 그렇게 멋진 노을은 처음이었다. 노을은 항상 나에게 고개를 내밀고 있었을 텐데, 여유 없는 내가 외면하고 있었다. 이제야 내 정신이 정상으로 돌아온 것만 같은 기분이었다.

그대로 한국으로 돌아갈까 아니면 일을 더 찾아볼까 고민하다가, 아직 돌아가기엔 아깝다고 생각했다. 남아서 일을 더 찾아보기로 했다. 장을 볼 겸, 내가 일하던 마트에 들러 공고 게시판을 확인했다. 참 신기하게도, 청소 일을 할 땐 보이지 않던 공고들이 보였다. 내가 일하던 마트에서 매대를 정리할 직원을 구한다는 공고였다. 나는 그 자리에서 지원서를 작성해서 마트에 제출했다. 큰 기대는 하지 않았다. 내가 청소부로 일하던 마트에서, 고작 한 달 일하다 그만둔 그 마트에서 나를 뽑아줄 거라 믿는 건, 욕심이었기 때문이다. 혹시나 하는 마음에 마트 바로 옆 맥도날드에도 들렀다. 공고 게시판에는 상시 채용 중이라는 공고가 붙어 있었고, 나는 그 자리에서 지원서를 작성해 제출하고 집에 돌아왔다.

　다음 날, 맥도날드에서 인터뷰를 하자는 연락이 왔다. 그동안 호주에서의 경험도 쌓였고, 일하는 데 지장 없을 만큼의 영어 실력도 충분히 쌓았다. 게다가 스무 살 때 했던 버거킹 아르바이트 경험 때문에 어렵지 않게 인터뷰에 응할 수 있었다. 면접이 끝나고 자신감이 붙었다. 조만간 좋은 소식이 찾아올 것만 같은 기분 좋은 느낌이었다. 그런데 이게 웬일. 매니저는 인터뷰가 끝나자마자 그 자리에서 날 채용했고, 일을 그만둔 지 일주일도 안 돼서 새로운 일을 시작할 수 있었다. 청소 일을 그만두면 기회가 없을 거라고 단정했던 내가 바보처럼 느껴졌다.

　그리고 며칠 뒤, 마트에서 연락이 왔다. 전화 너머로 익숙한 목소리가 들려왔다. 내게 가끔 청소 일을 지시하던 그 매니저였다. 그는 인터뷰가 있으니 마트로 찾아오라고 했다. 채용을 위한 모든 절차가 끝나고 굉장히 놀라운 사실을 알게 됐다. 내가 지원한 일의 시급은 23달러였고, 주말과 휴일에는 기본 시급의 2배에 해당하는 급여를 준다는 사실이었다. 정말 말도 안 되는 금액이었다. 그리고 더 말도 안 되는 건, 내가 채용됐다는 사실이었다. 청소 일을 하는 동안 깊은 고뇌는 했을지언정 시키는 일은 제대로 처리해서인지 나를 좋게 봐줬던 것일까. 아니면 그저 인력이 부족해서였을까. 뭐가 됐든, 기적 같은 일이었다.

맥도날드의 근무 시간은 새벽 6시부터 오후 2시까지였다. 그리고 마트 근무 시간은 오후 6시부터 밤 12시까지였다. 새벽에 일어나서 점심까지 일하고, 잠깐 쉬다가 마트로 나가 늦은 밤까지 상품 진열 일을 했다. 힘들었냐고? 아니, 그토록 재밌을 수가 없었다. 호주, 대만, 필리핀 동료들과 함께 하는 맥도날드는 내게 마치 놀이터 같았다. 놀이터에서의 시간은 순식간에 흘러갔다. 동료들과 농담 따먹기를 하며 정신없이 버거를 만들다 보면 하루의 절반이 순식간에 사라졌다.

마트의 물건을 진열하는 일도 그랬다. 청소 일을 하면서 물건이 어디 있는지 파악해뒀기에, 그리 어려운 일은 아니었다. 물품을 카트에 가득 싣고 와서 내가 외워두었던 위치에 차곡차곡 진열하다 보면 하루의 절반이 순식간에 지나갔다.

오히려 일하는 시간은 늘어났지만, 하루가 짧아진 느낌이었다. 통장에 돈이 쌓이고, 일에서 받는 스트레스가 없으니 마음의 여유가 생겼다. 주말엔 다양한 국적의 동료들과 파티를 했고, 룸메이트들과 여행도 다니며 잊지 못할 시간을 보냈다.

예전엔 그토록 더디게 흘러가던 시간이 말도 안 되게 빨리 흘러갔다. 오히려 시간이 조금만 천천히 갔으면 좋겠다고 생각했다. 신나게 일하고, 즐겁게 여행하고, 좋은 사람들과 어울리다 보니 어느덧 한국으로 돌아갈 시간이 다가왔다. 내 통장엔 대학 생활비로 쓰기엔 충분할 만큼의 돈이 쌓여 있었고, 내 마음엔 언제든 꺼낼 수 있는 잊지 못할 추억이 쌓여 있었다.

포트 헤드랜드를 마지막으로, 약 1년 간의 호주 여행을 마치고 한국으로 돌아왔다. 누군가가 호주에서 어떤 곳이 가장 기억에 남느냐 물어본다면, 나는 주저 없이 포트 헤드랜드라고 말한다. 호주에서의 마지막 시간은, 내게 가장 행복한 시간으로 남아있다. 지금도 그때를 떠올리면 자연스레 미소가 지어진다.

7.

그 전의 나는 그만둠이 '끝'을 말한다고 생각했다. 그래서 무언가를 그만두는 게 늘 두려웠다. 하지만 의외로 그렇지 않은 경우가 많았다. 무언가의 끝은 항상 새로운 시작을 낳았고, 그 시작은 새로운 기회

를 열었다. 그만둠이 있기에 시작도 있다는 것. 누군
가에겐 사소한 경험일 수 있지만, 내겐 결코 사소할
수 없었던 청소부 일을 통해 깨달은 것이다.

무언가를 그만둔다는 것에 대한 공포는 작지 않다.
새로운 기회가 평생 오지 않을지도 모른다는 불안감
은 두려움을 더 크게 만든다. 하지만 그땐 미처 생각
하지 못했다. 불안감과 두려움 때문에 억지로 버티
느라, 새로운 기회를 놓치고 있다는 사실을.

청소 일을 떠올리면 가끔 아찔할 때가 있다. 이보
다 더 좋은 기회는 없을 거라는 생각 때문에, 묶여
있는 보증금이 아깝다는 생각 때문에 계속해서 버텼
다면 어떻게 됐을까. 아마, 내 호주에서의 마지막 추
억은 잿빛으로 남지 않았을까? 물론 청소 일에 적응
해서 나름 괜찮은 시간을 보내고 돌아왔을 수도 있
다. 하지만 여전히 내 가슴 속에 남아있는 그 아름다
운 추억들에 비할 바는 아니었을 것이다.

8.

제약회사를 그만둔 지 한참이 지난 어느 날이었다. 은행 청원경찰을 하며 돈을 벌고, 남는 시간은 꿈톡으로 내 삶을 행복하게 채워나가고 있었다. 그러던 어느 날, 용산역을 지나가는데 정말 우연히 제약회사 동기 형을 만났다. 내게 절대 그만두지 말라던, 그만두면 다음 기회는 없을 거라고 말했던 그였다. 그런데 하마터면 그를 알아보지 못하고 그냥 지나칠 뻔했다. 건강했던 그의 얼굴이 많이 상해있었기 때문이었다.

나는 지나가던 형을 붙잡아 인사했다. 나도 모르게 그에게 얼굴이 왜 이렇게 상했냐 물었다. 그는 씁쓸하게 웃으며 그동안 있었던 일들을 이야기해줬다. 회사는 여전했고, 그는 여전히 그곳에서 나름의 방식으로 버티고 있었다. 그리고 내게 말했다. "그러는 너는 얼굴 진짜 좋아 보인다."

나는 그가 견뎌내고 있는 삶을 버틸 수 없어 비겁하게 도망쳐 나왔다. 하지만 그는 여전히 그때의 생각을 꺾지 않고 그곳에서 버티고 있었다. 한편으론 그가 참 멋있다고 생각했다. 하지만 한편으론 내가 그런 능력이 없어서, 어쩌면 다행이라고 생각했다.

짧은 만남을 뒤로한 채 형은 회사로, 나는 꿈톡으로 향했다. 각자가 기회라고 생각하는 그곳을 향해, 각자의 길을 걸었다.

「그만둠은 새로운 시작을 낳는다. 새로운 시작이 어떤 결과를 낳을지는 아무도 모른다. 우리가 알 수 있는 건, 그만둠은 아무것도 없는 낭떠러지가 아니라 새로운 시작이 열리는 새로운 길이라는 것이다. 그만둠이 곧 끝을 말하는 건 아니다. 다시는 기회가 없을 거라고 단정 짓고 억지로 무언가를 붙잡고 있는 선, 오히려 새로운 기회를 기로막아 버리는 일 아닐까?」

이상은 내가 발 딛고 있는 땅 위에 세우는 거야

1.

나와 절친한 형의 생일이었다. 형은 이태원의 한 펍에서 열리는 생일 파티에 나를 초대했다. 전과 같으면 즐거운 마음으로 파티에 참석했을 테지만 그럴 수 없었다. 내 통장에 남아있는 돈은 고작 80만 원이 전부였기 때문이다.

형에겐 당연히 가겠다고 말은 했지만, 마음이 불편했다. 돈 때문에 친한 형의 생일 파티가 불편해졌다는 사실에 내 마음은 더 불편해졌다. 그래도 가야만 했기에 무거운 다리를 이끌고 집에서 나왔다.

집에서 나오니 텅 빈 두 손이 불편해졌다. 다른 사람도 아니고 의형제나 다름없는 형의 생일에 빈손으로 가기는 싫었다. 버스에서 내려서 바로 앞에 있는 제과점에 들어갔다. 귀여운 만화캐릭터로 치장된 케이크가 눈에 띄었다. 빌어먹을 그 만화캐릭터 때문인지 가격은 3만 원이나 했다. 내 머리는 기계적으로 계산을 하고 있었다. '80만 원에서 3만 원을 빼면 77만 원. 이번 달 월세를 내고 나면 남는 돈은 37만 원….'

계산을 멈추고 덜컥 케이크를 샀다. 생일 파티로 한껏 흥겨워진 형에게 밝은 얼굴로 인사를 하며 케이크를 건넸다. 하지만 도무지 생일 파티를 즐길 수가 없었다. 즐거운 분위기 속에서 나 홀로 이방인이 된 것만 같았다. 나는 사람들을 피해 구석에 앉아 술을 홀짝이며 내 앞날을 고민했다. '37만 원이면 내일 당장 일을 시작하지 않으면 안 되겠구나. 그런데 어떤 일을 해야 하나. 편의점 알바라도 다시 시작해야 하나. 나이도 많은데 편의점 알바도 안 뽑아주는 건 아닐까….'

미래에 대한 생각은 끊이지 않았다. 정확히 말하자면, 미래를 불안하게 만드는 돈에 대한 생각이었다. 고민을 해봐야 답이 나오는 깃도 아니었다. 잠시나마 이 고민의 끈을 끊어내고 싶었다. 앞에 있는 술을 진탕 마시고, 마시고 또 마셨다. 보통 술을 마시면 즐거워져야 하는데 그날은 술을 마실수록 머리가 복잡해졌다. 술에 취한 나는 아픈 머리를 붙잡고 자리에서 먼저 나왔다. 밤이 늦어 대중교통은 끊겼고 날은 추웠다.

'집까지 택시 타고 가면 2만 원 정도 나오겠지. 그럼 내 통장엔 35만 원 정도 남으려나….' 나는 또다시 기계적으로 돈을 계산하고 있었다. 택시를 탈지 말지 한참을 고민하다가, 돈이고 뭐고 날이 추워 이러다 얼어 죽을 것 같다는 생각에 택시를 잡기로 했다. 하지만 주말 밤이었고, 내가 있는 곳은 이태원이었다. 아까운 돈 주고 택시 좀 타겠다는데 날 태워주려는 택시 기사는 한 명도 없었다. 겨우 한 대 잡아서 택시 기사에게 목적지를 알려줬더니, 그 방향으로는 운행을 안 한다며 날 더러 차에서 내리라고 했다. 너무 화가 났다. 가만히 서서 기다릴 바엔 운행 거리라도 좁혀보고자, 집 방면으로 계속 걸었다. 그러면서 지나가는 택시를 향해 손을 계속 흔들었지만, 택시는 멈추지 않았다.

1시간 정도 걸었으려나. 몰려오는 취기에, 줄어가는 통장 잔고에, 잡히지 않는 택시에 분노가 치밀어 올랐다. 머리끝까지 분노가 치밀어 오른 나는, 입 밖으로 쌍스러운 욕을 내뱉으며 이렇게 말했다. "내가 이기나 네가 이기나 보자…."

택시를 잡을 때까지 추위에 덜덜 떨며 그 말을 계속해서 되풀이했다. 특정 대상을 향한 욕은 아니었다. 그렇다고 세상을 향해 던지는 욕도 아니었다. 지금도 왜 그런 욕을 했는지 모르겠다. 아마, 나를 향한 욕이 아니었을까 싶다. 돈에 구애받지 않고 내가 원하는 일을 하기로 했으면서, 지금은 그 누구보다도 돈에 구애받고 있는 한심한 나 자신에게 던지는 욕이었을 것이다. 가장 친한 형의 생일에 가장 우울하게 앉아있었던 나 자신을 탓하는 욕이었을 것이다.

2.

일할 곳이 필요했다. 호기롭게 퇴사했지만, 그 뒤를 생각하지 못했다. 이대로 아무것도 하지 않으면 방을 빼야 하는 상황이 올 수도 있었다. 밥보다 꿈이라는 말을 믿고 살았는데, 막상 밥이 없으니 꿈은 현실이라는 바닥에 들러붙은 껌딱지 같았다. 비어있는 밥그릇 앞에선 아무 소용 없었다. 내게 필요한 건, 미래를 생각하고 이상을 그리는 일이 아니었다. 지금 당장 돈을 버는 일이었다.

컴퓨터를 켜고 구인 구직 사이트에 들어갔다. 지금 당장 할 수 있는 일들을 찾았다. 새벽 6시부터 오후 2시까지 할 수 있는 청소 일이 보였다. 오래된 경력직을 구하는 자리였다. 아쉽지만 나를 위한 자리는 아니었다.

가장 많이 눈에 띄는 건, 카페 알바 자리였다. 하지만 이마저도 대부분 경력직을 구하고 있었다. 좌절

감을 느꼈다. 사람들에게는 꿈과 이상을 말하고, 결국은 내가 원하는 일을 추구하다 보면 미래엔 그게 곧 돈이 될 거라고 말하고 다녔다. 하지만 막상 현실에 부딪히니 내가 뱉었던 말이 다 무책임하게 느껴졌다.

한참을 찾고 찾아 경력직이 아니어도 상관없다는 한 카페에 면접을 보러 갔다. 사장은 내 이력서와 내 얼굴을 번갈아 보더니 이렇게 말했다. "지금 여기서 이럴 때가 아니에요. 아직 늦지 않았으니까 빨리 다시 취업 알아보세요."

사장은 카페와 관련된 경력은 하나도 없는, 화려해 보이지만 밥그릇 앞에선 별 소용 없는 이력서를 보더니 나를 회유하려 했다. 더 늦으면 취업이 진짜 어려워질 수도 있다고 했다. 자신도 지금은 카페를 운영하고 있지만, 내 나이 때 하고 싶은 거 한답시고 시간을 허비하나 취업 시기를 놓쳐 고생했다고 했다. 이력서를 보아하니 이런저런 거 많이 하고 싶은 거 같은데, 지금 하고 싶은 거 조금만 참고 나중에

자리 잡고 하라고 했다.

내가 알바 면접을 보러왔는지, 인생 코칭을 받으러 왔는지 헷갈렸다. 한 시간 동안 떠들어 대던 그는 다시 한번 취업을 당부했다. 그는 결국 내게 카페 일자리를 주지 않았다.

비가 추적추적 내리는 저녁이었다. 우산이 없어 지하철역까지 뛰어가는데 괜한 분노가 일었다. 어차피 받아주지도 않을 거, 왜 불러서 이 고생을 시키나 하는 생각이 들었다. 비에 흠뻑 젖어 지하철을 탔다. 내 꼴이 참 가관이었다. 나는 어쩌다 이 나이에 카페 알바도 제대로 못 구하는 신세가 됐을까. 앞으로 무슨 일을 해야 하나. 다시는 타협하지 않고 내가 하고 싶은 일을 해나가기로 다짐했는데, 그걸 과연 지킬 수 있을까. 수많은 생각이 나를 괴롭혔다. 화가 났다. 나를 거절한 사장에게 화가 난 것보다, 갑자기 쏟아지는 비 때문에 화가 난 것보다, 아무런 대책 없이 나를 이 지경으로 몰아넣은 나 자신에게 화가 났다. 그깟 밥그릇 때문에 지금까지 쌓아왔던 가치관이 통째로 흔들리는 나 자신이 너무나도 한심했다.

3.

　퇴사 후 정말 신나는 시간을 보냈다. 그동안 만나지 못했던 사람들을 만나고, 그동안 듣지 못했던 사람들의 고민을 듣고, 나와 같은 고민을 하는 사람들을 위한 작은 커뮤니티도 만들었다. 모두 돈과는 관련 없는 일들이었다. 퇴사 후 공백 기간이 늘어날수록 나를 걱정하는 사람들이 많아졌지만, 대수롭지 않았다. 하고 싶은 일을 하는 지금의 나는, 정말 행복했기 때문이다.

　자신이 원하는 삶을 사는 사람의 시간은 상대적으로 빨리 간다고 했다. 내가 그랬다. 매일 불평하면서 직장을 다닐 때와는 달리 지금의 내 시간은 비교도 안 될 정도로 빠르게 흘렀다. 그런 내 모습을 보는 친구들은 날 우려하면서도 동시에 부러워했다. 그렇게 행복에 겨운 시간을 보내다가 문득 정신을 차려 보니 3개월이 흘러있었다.

월세를 낼 기간이 다가와서 통장의 잔액을 살폈다. 눈을 의심했다. 이게 다 어디로 간 건지, 영문을 알 수가 없었다. 애초에 돈이 얼마 없었으니까 얼만 안 가 바닥이 나는 건 당연한 일이었다. 하지만 행복에 너무 취해있었던 나는, 당연한 사실을 잊고 있었다.

당황도 잠시, 정신을 차려 대책을 마련해야 했다. 만나고 싶은 사람도, 듣고 싶은 고민도, 웃음이 가득했던 커뮤니티도 우선순위가 아니었다. 다음 달 월세가 필요했다. 지금 당장 돈을 벌어야 했다.

구인 구직 사이트를 뒤지다 단기간에 돈을 벌 수 있는 일을 하나 발견했다. 지금도 무슨 생각으로 그 일을 하고자 마음을 먹었는지 모르겠다. 하지만 그때는 앞뒤 가릴 상황이 아니었다. 그래서 덜컥 그 일을 하고자 마음을 먹었던 것 같다.

나는 다음 날, 집 앞에 있는 병원으로 향했다. 그리고 내가 단기간에 돈을 받을 수 있는 자격이 되는지, 몇 가지 신체검사를 받았다. 다행히 일할 수 있는 자격이 주어졌고, 정해진 기간에 다시 병원에 오라는 통보를 받았다. 내가 지원했던 일은 생동성 알바였다.

주어진 약을 먹고 채혈을 했다. 시간이 되면 주어진 밥을 먹고, 시간이 되면 잠을 잤다. 내가 있던 병실에는 나와 같은 사람들이 100명 정도 있었다. 누군가는 공부를 하고 있었고, 누군가는 게임을 하고 있었고, 누군가는 무기력한 모습으로 창밖을 바라보고 있었다. 나는 그들 사이에서, 내가 여기서 뭘 하고 있나 곰곰이 생각하고 있었다.

나는 여기서 뭘 하고 있을까. 분명 며칠 전에는 행복한 시간을 보내고 있었는데. 내가 어쩌다 이곳에 와서 약을 먹고 채혈을 하고 병실에 누워 자고 있을까. 하고 싶은 걸 하라는 말에, 현실이 아닌 이상을 향하라는 말에 너무 취해있었던 건 아닐까. 이상을 추구하라는 말이 현실을 내팽개쳐버리라는 말은 아니었을 텐데, 대책 없는 현실을 부정하기 위해 눈을 가리고 있었던 건 아닐까.

두 번의 통원을 끝내고 얼마 뒤, 비어있는 통장에 돈이 들어왔다. 덕분에 그 돈으로 월세를 낼 수 있었다. 그리고 그 돈 덕분에 생각할 수 있었다. 이상은 허공에 쌓는 게 아니라, 내가 서 있는 현실이라는 바닥에서부터 쌓아야 한다는 걸.

4.

나는 꽤 오랫동안 현실이라는 바닥에서 발을 떼고 살았다. 허공을 걷는 느낌에 취해 내가 위험한 상황이라는 걸 인지하지도 못했다. 그러다 문득 정신을 차리고 아래를 봤는데, 내 발이 땅을 딛고 서 있는

게 아니라 허공에 떠 있다는 사실을 깨달았다. 그때
의 불안감은 나의 모든 걸 집어 삼켜버렸다. 그렇게
되니 다른 건 눈에 들어오지 않았다. 내가 할 수 있
는 건, 당장 땅에 발을 딛기 위해 발버둥 치는 일이
었다. 허공에 떠 있었던 시간이 길수록 발버둥 치는
시간도 길어졌고, 발버둥 치는 시간이 길어질수록
내 신념은 너덜너덜해졌다. 꿈이니 이상이니 하는
것들이 헌신짝처럼 느껴졌다. 현실이 이상을 잠식해
버린 것이다.

　위험하다고 생각했다. 이런 상황이 자주 반복되면,
내가 그동안 지켜왔던 것들을 모두 내려놓게 될 것
만 같았다. 그렇게 할 순 없었다. 허공 위에서 발버
둥 쳤던 몇 번의 경험을 통해 현실의 중요성을 깨닫
게 됐다. 그제야 내가 하고자 하는 일을 하기 위해
현실을 돌봐야 한다는 말의 의미를 깨닫게 됐다.

　나무가 자라기 위해선 뿌리를 내리는 게 우선이고,
뿌리를 내리기 위해선 뿌리가 뽑히지 않을 정도의
단단한 땅이 필요하다. 뿌리를 제대로 내리는 것도

중요하지만, 땅을 다지는 것 또한 그에 못지않게 중요하다는 걸, 이제야 조금은 알 것 같다.

지금의 나는 현실을 내팽개치지 않는다. 내가 원하는 삶을 살기 위해서, 불안함에 내 이상을 내려놓는 상황을 만들지 않기 위해서 현실을 챙긴다. 어떤 바람이 불어도 흔들리지 않기 위해 두 발에 힘을 주고 땅 위에 서 있는 것. 그게 내가 그리는 삶을 살기 위해 놓치지 말아야 할 일이라고 생각한다. 그래서 오늘도 난, 두 발이 땅을 딛고 서 있는지 확인한다. 그리고 이상을 향해 천천히 걸어간다.

「현실에 치여 이상을 꺾는 삶은 별로다. 이상을 향한답시고 현실을 외면하는 삶은 위험하다. 자신의 마음에 품고 있는 이상을 위해 현실을 돌보는 삶, 고개는 하늘을 향하되 발은 꿋꿋이 땅에 딛고 있는 삶을 살아내야 한다. 그럴 수 있을 때, 현실의 거센 파도에 맞서 내 소중한 이상을 지켜낼 수 있지 않을까?」

내 덕으로 만드는 건 쉽지만

내 탓을 인정하는 건 쉽지 않다

1.

우연히 발견한 기업이었다. 돈과 안정성보다는 불안정하더라도 가슴이 뛰는 일을 찾고 있었던 나는, 바로 이곳이라고 생각했다. 그곳은 시작한 지 얼마 되지 않은 스타트업 회사였다.

"대기업의 부품이 될 것인가, 이곳의 심장이 될 것인가."

회사의 대표가 자주 하던 말이었다. 심장이 될 생각까지는 없었지만, 회사의 심장이 뛰는 소리에 같이 뛸 준비는 돼 있었다. 면접은 무난히 합격했고 스타트업의 인턴 생활은 그렇게 시작됐다.

2.

우리가 판매하는 서비스는 단순했다. 요즘은 어느 매장에서나 흔히 볼 수 있는, 휴대폰 번호를 입력해 고객들의 적립을 돕는 서비스였다. 내가 할 일은 단순했다. 서울과 경기도권에 있는 매장에 우리 기업의 서비스를 판매하는 일이었다. 서비스를 판매하기 위해 내가 할 일 또한 단순했다. 주어진 시간 내에 최대한 많은 매장을 방문해 서비스를 설명하고 계약을 맺는 것이었다. 내가 택했던 영업 방식은 어느 매장이든 일단 방문해서 매장의 사장님과 대면하는 것, 일명 '돌직구 방문'이었다. 한겨울에 칼바람을 맞으며 돌직구 방문을 하는 건, 분명 효율적이지 않은 방법이었다. 하지만 한 건의 계약을 위해 할 수 있는, 가장 효과적인 방법이라고 생각했다.

내가 처음으로 들렀던 곳은 압구정 로데오 거리였다. 어느 매장을 들어가야 할지 순서도 정하지 않았다. 지도의 끝에서 끝까지 쭉 걸으면서 눈에 보이는 매장은 모조리 방문하기로 했다. 참 무식하고 용감한 방법이었다.

계약은 쉽지 않았다. 당연한 일이었다. 아직 졸업도 하지 않은 대학생에게 뭐가 있겠는가. 열정만 가득할 뿐이었다. 그 열정이 도대체 어디에서 나왔을까 설명하고 싶지만, 사실 설명하기가 쉽지는 않다. 인센티브에 대한 열정이라기엔 인센티브는 크지 않았고, 정규직을 향한 열망이라기엔 스타트업이 내 미래가 될 것이라는 확신이 없었다.

아마 순수한 열정 그 자체가 아니었을까 싶다. 회사에 조금이나마 도움이 되고 싶다는 열정, 누군가의 시작을 함께한다는 자부심에서 나오는 열정, 지금은 좀처럼 찾기 힘든 그런 순수한 열정 말이다.

3.

"이 서비스가 뭔지 별로 관심 없어. 그냥 청년 봐서 계약해주는 거야. 청년 열심히 하는 모습이 보기 좋아서."

우연히 들른 곱창집이었다. 사장님이 안 계시길래 직원에게 명함을 드리고 나오는 길에 전화가 울렸다. 방금 사장님이 도착하셨으니 다시 방문할 수 있겠냐는 전화였다. 추운 날씨에 발은 꽁꽁 얼어있었고, 돌아가긴 꽤 먼 거리였지만 나는 감사하다는 말을 남기고 재빨리 발걸음을 돌렸다. 너무 늦으면 기회를 놓칠 수도 있겠다는 생각에 뛰기 시작했다. 곱창집까지 뛰어가는데 내 가슴도 뛰기 시작했다.

도착한 곳엔 사장님이 앉아 계셨다. "안녕하세요. 직원들이 웬 청년 한 명이 와서 인사를 하고 갔다길래 궁금해서 연락드렸어요. 어떤 거 팔려고 오셨어요?"

내가 아는 모든 지식을 동원해 서비스를 설명했다. 지금 생각하면 참 어설펐다. 긴장한 탓에 말을 버벅거렸다. 열심히 공부했지만, 서비스에 대한 이해는 충분하지 않았다. 하지만 사장님은 고개를 끄덕거리며 경청해주셨고 이야기를 다 듣고 나서는 계약서에 사인을 해주셨다. 여기뿐만이 아니라 근처에 다른 매장도 같이 계약을 해주시겠다며 두 장의 계약서에 사인을 해주셨다. 나는 거듭 감사하다는 인사를 드리고 매장을 나왔다. 기분이 날아갈 것 같았다. 기쁜 마음에 두 건의 계약에 성공했다며, 회사의 직원들이 있는 단톡방에 메시지를 남겼다.

인턴 중에선 내가 처음이었다. 회사 대표도, 팀장도, 인턴 동기들도 모두 축하해줬다. 영업을 마치고 회사로 돌아와 문을 활짝 열었다. 대표가 긴 코트를 입고 있는 내게 "대부님."이라고 말하며 안아줬다. 꽁꽁 언 발로 뛰어다니느라 고생했던 하루의 힘듦을 다 보상받는 기분이었다. 내 노력에 대한 보상을 받는 것, 단순히 돈이 아니라 동료들의 축하와 인정에서 오는 기쁨은 사회 초년생이었던 내게 매우 큰 보상이었다.

그 뒤로 내 실적은 승승장구했다. 다른 인턴들보다 월등히 앞선 성과를 거두고 있었다. 아마 좋은 성과만큼 거절당한 횟수도 월등히 많았을 것이다. 바쁜데 귀찮게 한다며 문전박대를 당하는 건 기본이었고, 먼 걸음을 했는데 사장님이 자리를 비워 발걸음을 돌려야 하는 일도 잦았다. 하지만 나는 개의치 않았다. 거절당하면 거절당하지 않을 다른 매장을 찾으면 되는 일이었고, 사장님이 자리에 없으면 다른 매장을 방문하고 다시 돌아오면 되는 일이었다. 내가 뿌린 명함이 몇 장인지, 내가 방문한 매장이 몇 곳인지 셀 수도 없었다. 지금은 많이 퇴색되어버린 열정이란 단어가, 그때의 나를 가장 잘 표현할 수 있는 단어였을 것이다.

하지만 그 열정은 끝까지 가지 못했디. 인턴 계약기간이 한 달 남짓 남은 시점에서, 나는 전과 같은 열정을 낼 수 없었다. 그리고 난, 열정을 잃은 이유를 외부에서 찾고 있었다.

4.

언제부터인지 모르겠지만 내 열정은 가라앉고 있었다. 내가 판매하는 서비스의 퀄리티가 부족하다고 생각했고, 우리가 기대하는 기능의 개발이 늦어진다는 느낌을 받았다. 결정적으로, 내가 사장이라면 과연 이 서비스를 사용할까에 대한 의구심을 갖기 시작했다.

아무런 근거가 없는, 솔직히 말하자면 그저 부정적인 생각을 하기 위해 만들어낸 이유였다. 처음엔 별 관심도 없었던 인센티브도 터무니없이 부족하다는 느낌을 받았고, 초반에 열심히 달렸던 동기들의 사기도 많이 저하되고 있었다.

갑자기 내 태도는 왜 그렇게 변했던 걸까. 계약 기간의 끝이 보여서 그랬을 수도 있고, 너무 많은 에너지를 급하게 쏟아서 그랬을 수도 있고, 몇몇 인턴 동기들의 부정적 에너지에 동조해서 그랬을 수도 있다. 지금 와서 내 열정이 행방불명된 이유를 정확히 찾기는 어려울 것 같다. 이유가 어찌 됐든 전과 같은 열정은 사라졌고, 나는 그 이유를 자꾸 외부에서 찾고 있었다.

열심히 뛰던 두 발은 느려지기 시작했다. 매장에 방문하는 횟수도 줄었고, 거절을 당했던 매장엔 두 번 다시 방문하지 않았다. 날이 너무 추우면 춥다는 이유로 카페에 들어가 움직이지 않았다. 발을 움직이는 시간보다 의자에 앉아있는 시간이 많아졌을 때쯤, 내 실적은 다른 동기들보다 뒤처지기 시작했다. 하지만 실적 부진의 이유가 나 때문이라고 생각하지 않았다. 회사에서 판매하는 서비스기 부족해서였고, 회사의 인센티브 구조가 부실해서였다. 그 외에도 이유는 많았다. 불평과 불만은 점점 커졌고, 실적도 계속해서 떨어졌지만 별로 개의치 않았다. 한 달 뒤면 인턴은 끝이었고, 나는 이곳을 떠날 사람이었다. 결국, 처음과는 달리 썩 좋지 않은 성적으로 3개월의 인턴 생활을 마쳤다.

5.

　내 첫 번째 산문집을 출간할 때였다. 많은 기대를 했고 할 수 있는 건 다 해보자는 굳은 다짐을 했다. 부족하지만 내가 할 수 있는 데까지 최선을 다해보기로 했다. 자신의 책을 알리기 위해 매일 전국의 서점을 방문했다는 어느 작가의 이야기를 듣고, 그 이상의 노력을 해야 한다고 생각했다. 홍보 비용이 넉넉하지 않으니 부족함을 채울 수 있는 콘텐츠를 생산해서 독자들에게 책을 알려야 한다고 생각했다.

책을 출간하고 나는 바쁘게 움직였다. 먼저 손을 바쁘게 만들었다. 지인들에게 책의 출간 소식을 알렸고, SNS에 책과 관련된 콘텐츠를 꾸준히 올렸다. 그리고 발을 바쁘게 만들었다. 서점을 방문하며 직원분들에게 인사를 드렸고, 내 책이 좋은 위치에 잘 진열돼있는지 확인했다. 내 책이 진열돼있는 매대의 앞에 우두커니 서서 독자들이 어느 책을 열어보는지, 내 책에는 얼마나 손이 가는지 살펴보기도 했다. 독자의 손이 내 책에 닿을 때면, 뒤에서 소리 없는 기쁨의 비명을 지르기도 했다.

바빠진 손과 발 덕분이었을까. 책의 판매량은 내 예상을 훨씬 뛰어넘었다. 독자들의 반응도 좋았고 나 자신도 참 만족할만한 성적이었다. 앞으로의 판매량도 이대로 쭉 갔으면 좋겠다고 생각했다.

하지만 어느 순간부터 판매량이 꺾이기 시작했다. 나는 원인을 분석했다. 책이 출간된 지 좀 지났기 때문이라고, 새로운 경쟁 도서가 많이 출간됐기 때문이라고, 홍보 비용의 부족 때문이라고 생각했다. 그

외에도 이유는 많았다. 그때, 내가 열거하는 이유를
듣고 있던 여자친구가 이렇게 말했다. "책이 예전만
큼 팔리지 않는 건, 그냥 예전만큼 움직이지 않아서
가 아닐까?"

　부정할 수 없는 말이었다. 손은 느려졌다. 새로운
홍보 창구를 찾아보려는 노력도, 새로운 콘텐츠를
만들어 책을 홍보하려는 노력도 줄었다. 발도 느려
졌다. 서점에 방문하는 횟수는 예전보다 현저히 줄
었고 시장의 동향을 파악하려는 움직임도 더뎠다.
물론 많은 이유가 있었다. 하지만 내가 통제할 수 있
는 원인은, 단 하나였다. 내가 예전만큼 움직이지 않
는다는 것이었다.

6.

인턴 막바지에 내 실적이 줄어든 원인을 깨닫기까지는 꽤 긴 시간이 필요했다. 사실 알고 있었지만 그걸 인정하기까지는 오랜 시간이 걸렸다. 결국, 내가 발로 뛰는 횟수가 줄어든 탓이었다. 많은 외부적인 이유가 있었지만, 그럼에도 불구하고 내가 전만큼 뛰지 않아서였다.

내가 뛰지 않을 이유를 만들어내는 동안, 누군가는 뛰어야 할 이유를 만들었다. 초반엔 성적이 부진했던 사람들이 후반에는 남들보다 월등히 높은 성적을 거뒀다. 그들의 실적을 보고, 원인은 외부가 아니라 내 안에 있었다는 사실을 인정할 수밖에 없었다.

결과가 좋으면 내 덕으로 돌리기 쉽고, 결과가 나쁘면 남 탓으로 돌리기 쉽다. 노력한 만큼 성과가 나오지 않으면, 내가 아니라 외부로 탓을 돌리고 싶은 마음이 불쑥 자라나기 마련이다. 하지만 지금은 알고 있다. 그럼에도 불구하고 결과는 발로 뛴 만큼 나온다는 것을, 모든 외부적 요인에도 불구하고 내가 통제할 수 있는 원인은 단 하나라는 것을, 그건 나 자신이라는 것을 지금은 잘 알고 있다.

나는 지금, 그 앎을 얼마나 제대로 지키고 있을까. 여전히 결과의 원인을 외부에서 찾고 있지는 않은가. 예전만큼 뛰지 않는다는 단순한 이유를 복잡하게 만들고 있진 않은가.

그로부터 8년이 지난 오늘, 어느 카페에서 그때 그 회사의 서비스로 포인트를 적립하며 과거를 추억한다. 그리고 그때 배웠던 깨달음을 되새긴다. 성과는 발로 뛴 만큼 나온다는 그 단순한 깨달음을. 내가 고쳐야 할 건, 어찌할 수 없는 외부적 요소가 아니라 나 자신이라는 깨달음을.

「잘 되면 내 덕, 안 되면 남 탓이 아니라 잘 돼도 내 덕, 안 돼도 내 탓이 되어야 한다. 수많은 외부적 요인에도 불구하고 결국엔 내 선택이 빚어낸 결과다. 그렇다면 결과를 바꾸기 위해 할 수 있는 건 결국 내 태도, 내 선택을 바꾸는 것이다. 어떤 결과라도 내 탓으로 돌릴 수 있는 책임감이 생길 때, 어떤 길로도 나아갈 수 있는 자신감이 생긴다.」

현실과 이상은 다르지만

1.

"야, 다시 생각해 봐. 공간을 운영한다는 게 네가 생각하는 것만큼 그렇게 쉬운 일이 아니야. 너는 지금 보증금이랑 월세만 해결하면 끝이라고 생각하고 있는데, 그게 전부가 아니라니까. 인테리어는 생각해봤어? 운영하면서 들어가는 재료비나 각종 공과금은? 그리고 갑자기 튀어나오는 수리비는 얼마나 많은데. 네가 정 하고 싶다면 말릴 수는 없지만 그래도 다시 생각해 봐."

공간이 너무 갖고 싶어 없는 돈을 다 끌어다가 덜컥 지하에 있는 공간을 계약하려고 한 적이 있다. 너무 섣부른 게 아닌가 하는 마음에 실제로 지하 공간을 운영하는 지인을 찾아가 조언을 구했다. 그랬더니 그는 나를 극구 말렸다. 이상한 일이었다. 그가 내 선택에 이 정도로 반대한 적은 없었기 때문이다.

하지만 당시엔 그의 이야기가 귀에 잘 들어오지 않

았다. 어떻게든 하면 되지 않을까 하는 마음이었다. 하고자 하는 마음만 있다면 어떻게든 현실은 헤쳐나 갈 수 있지 않을까 하는 생각이었다. 나는 내 능력 이상으로 내 의지를 믿고 있었다. 굳은 의지만 있다 면 모든 걸 해결해나갈 수 있을 거라고 너무 확신하 고 있었다.

2.

우리만의 공간이 필요했다. 고민을 나누기 위해 꿈 톡으로 모이는 사람들이 늘어났고, 그 사람들을 수 용할 만한 공간을 찾기 위해 매번 공간을 찾아다녀 야 했다. 우리를 찾아온 사람들과 타인의 공간에서 울고 웃으며 이야기를 나누다 보니 자연스레 꿈이 하나 생겼다. 우리만의 공간을 갖고 싶다는 꿈.

하지만 당시 내 직업은 은행 청원경찰이었고, 월급은 형편없는 수준이었다. 그렇다고 별다른 재테크를 하지도 않았다. 아무리 생각해도 임대를 받고 인테리어를 새로 해서 공간을 만드는, 그런 상식적인 방법으로는 공간을 만들 수 없었다.

어떻게 하면 돈을 들이지 않고 공간을 만들 수 있을까, 몇 날 며칠을 고민하다가 떠오른 게 고작 〈빨간 클립 한 개〉라는 책이었다. 빨간 클립 하나로 물물교환을 시작해서 더 높은 가치의 물건으로 계속 교환한 끝에, 1년 반 만에 집을 얻었다는 영화 같은 이야기가 담긴 책이었다. 근데 이상하게도 그 이야기가 현실적으로 느껴졌다. 사실 돈으로 공간을 만드는 게 우리에겐 훨씬 더 영화 같은 일이었다. 물물교환에는 돈이 드는 것도 아니고, 그만두지만 않는다면 언젠가는 이뤄질 수도 있고 아닐 수도 있는, 비교적 현실적인 일이었다. 그래서 한 번 도전해보기로 했다.

이곳에 모든 이야기를 담을 순 없지만, 물물교환

과정은 정말 쉽지 않았다. 프로젝트를 진행하는 우리조차도 이건 불가능한 일이 아닐까 하며 의심할 정도였으니까. 그래도 우리를 도와주는 사람들 덕분에, 그만두지만 않는다면 언젠가는 이뤄진다는 근거 없는 믿음 덕분에 1년 동안 물물교환 프로젝트를 진행했다.

그래서 어떻게 됐냐고? 결론만 말하자면, 1년 후에 우리는 공간을 얻었다. 우리만의 공간, 꿈톡의 보금자리를 얻은 것이다. 주변 사람들이 그러하듯 우리도 믿기지 않았다. 영화 같다고 생각하는 일이 현실이 됐고, 이제는 그 현실로 뛰어들 차례였다.

당시의 난, 어느 공공기관에서 파견직으로 일을 하고 있었는데 마침 계약 기간이 끝나가는 시점이었다. 그리고 회사 측에서 정규직이나 다름없는 계약직 일자리를 제안한 상태였다. 고민할 가치도 없는 선택이었다. 나는 회사에 일을 그만두겠다고 말했고, 생애 첫 퇴직금을 받는 나는 곧바로 카페로 향했다. 내가 그토록 원했던, 정말 오랫동안 바라고 바랐던 그 공간으로 힘차게 뛰어갔다.

3.

　누군가 내게 물었다. 그토록 원하던 공간을 실제로 운영해보니 어떻냐고. 밝고 긍정적인 대답을 기대했을 그에게 나는 이렇게 말했다. "카페를 운영하는 과정은 제가 가지고 있는 환상을 깨는 과정이었습니다."

　내 답을 들은 그 사람은 적잖이 당황했을 것이다. 그토록 원하던 공간을 얻은 사람의 입에서 나올 말이 아니라고 생각했을 것이다. 하지만 사실이었다.

　카페를 시작하기 전에는 마냥 꿈에 부풀어 있었고, 카페를 운영하는 단계에서는 이상과 현실의 균형을 맞추기 위해 갈등했고, 카페를 마무리하는 단계에선 이상은 사라지고 현실에 완벽히 굴복한 내가 남아있었다.

공간을 운영하기 위해선 환상으로 가득했던 나를 부수고 현실에 적응해야만 했다. 수많은 변수에 적응해야 했고, 거대한 경쟁 업체에 대응해야 했고, 무엇보다도 생존하기 위해 돈을 벌어야 했다. 돈을 벌기 위해서 시작한 일은 아니지만, 돈을 벌지 않으면 문을 닫아야 하는 상황이었다. 나는 언제부턴가 공간을 운영하는 게 아니라 그냥 돈을 벌고 있었다. 그럴 수밖에 없는 상황에 놓여 있었다.

4.

시작할 때만 해도 근처에 카페라곤 우리 공간이 유일했다. 그런데 얼마 뒤, 길 건너에 큰 프랜차이즈 카페가 들어섰다. 그 정도야 우리 공간이 가지는 아늑함도 있고, 길 건너니까 큰 지장은 없을 거라는 생각이었다.

그런데 몇 달 뒤, 오랫동안 비어있었던 바로 옆 건물에서 공사를 시작했고, 무려 2층짜리 프랜차이즈 카페가 들어온다는 소식을 들었다. 조금 걱정이 되기 시작했다. 옆 건물엔 2층짜리 카페, 그 옆 건물엔 사람들이 가장 많이 찾는 프랜차이즈 카페가 생긴 것이다.

애초에 카페를 통해 돈을 많이 가져가겠다는 생각은 없었다. 이곳은 돈을 벌기 위한 공간이라기보다, 사람들의 고민을 나누는 꿈톡의 보금자리였다. 내 생계유지만 가능하면 된다고 생각했다. 내가 사는 집 월세를 내고 남은 돈으로 적당히 끼니만 유지할 수 있으면 된다고 생각했다. 그런데 두 프랜차이즈 카페가 사이좋게 들어서고 나서, 적당하다고 생각했던 매출이 절반으로 뚝 떨어지고 말았다. 절반으로 떨어지는 매출의 숫자를 보며, 내가 품었던 이상도 절반으로 똑 하고 부러지는 것만 같았다.

5.

그래도 카페는 이어갔다. 우리의 강점을 살려 소셜 미디어로 공간을 홍보했고, 덕분에 많은 사람이 공간을 대여했다. 거대한 공룡 같은 옆 프랜차이즈 카페와는 달리, 공간을 대여할 수 있다는 게 우리의 강점이었다. 하지만 위기는 매출뿐만이 아니었다.

카페는 지하에 있었는데, 이로 인해 발생하는 문제들이 굉장했다. 여름에는 벌레들과의 전쟁이었다. 잡아도 잡아도 나타나는 모기들과의 사투는 기본이었고, 아무리 방역을 하고 청소를 해도 어디선가 튀어나오는 생명력 끈질긴 벌레들의 번식을 막을 수 없었다. 아침에 일찍 출근해서 방심한 벌레들을 때

려잡는 게 일과의 시작이었다.

누수는 기본이었다. 폭우가 쏟아지는 밤엔, 다음 날이 걱정돼서 잠을 설쳤다. 아니나 다를까 아침에 출근하면, 도대체 어디서 흘러나왔는지 모를 거대한 양의 물을 치워야 했다. 그냥 그날은 대청소하는 날이라고 생각하는 게 맘이 편했다. 대청소를 꽤 자주 했다는 게 문제지만 말이다. 그렇게 물을 다 정리하고 나면, 카페를 오픈하기 전부터 온몸이 땀에 흠뻑 젖어 있었다. 나는 분명 이제 막 출근했는데 왠지 퇴근해야 할 것만 같은, 그런 기분이 들었다.

그리고 하나 더, 빼놓을 수 없는 게 있다. 그건 바로 변기와의 사투다. 변기가 이렇게 잘 막히는 놈이라는 걸 전엔 몰랐다. 손님들이 뭘 그렇게 변기에 쑤셔 넣으시는지. 변기가 막히는 건 월례 행사였다. 변기만 막히면 어떻게든 내가 해보겠지만, 변기가 막히면 꼭 하수구까지 같이 막혔다. 하수구를 뚫는 비용은 만만치 않았다. 나중엔 비용을 아끼려 스스로 하수구를 뚫는 방법을 터득할 정도였다.

한 번은 손님이 가득 차 있는 시간에 변기가 막힌 적이 있다. 변기가 고장 났으니 절대 사용하지 말라고 안내 문구를 붙여 놨음에도 불구하고, 변기의 물을 내리는 손님 덕분에 하수구의 물이 역류해 카페의 사방에서 물이 샜던 적이 있다. 그날은 정말, 지금 떠올려도 손사래를 치게 되는 끔찍한 추억이다.

그 외에도 정말 많은 일이 있었다. 대관을 하며 술에 취해 반말을 내뱉는 어느 회사의 대표 덕분에 화가 머리 꼭대기까지 올라간 적도 있었고, 형광등을 교체한다고 불도 끄지 않고 전기를 만지다가 가슴 찌릿하게 전기 충격을 받기도 했고, 손님들이 몰려오는 점심에 급하게 얼음을 푼다고 허리를 숙이다가 허리디스크로 고생하기도 했다.

시작할 땐 이 모든 걸 전혀 예상하지 못했다. 주변에서 아무리 경고를 해도 귀에 들어오지 않았던 현실이었다. 환상을 가득 품을 때는 좋은 것들에 가려져 보이지 않다가, 직접 겪고 나니 보이기 시작하는 것들이었다. 그래도 이 정도는 내 기준에서 큰 문제

가 아니었다. 당연히 감내해야 할 일이었고, 충분히
감내할 수 있는 일이었다. 그리고 내가 지금까지 경
험해온 것에 비하면 그렇게 대수롭지 않은 일들이었
다. 나는 차가운 현실에 다소 무디게 반응하며 잘 버
텨나가고 있었다.

6.

왜인지, 정확히 언제부터인지 모르겠지만 갑자기
주변의 상가들이 문을 닫기 시작했다. 원인을 제대
로 알 수는 없었다. 자주 인사하는 편의점 사장님도,
자주 식사를 하러 가는 밥집의 사장님도 앓는 소리
를 냈다. 우리보다 훨씬 이전부터 있었던 옆집 음식
점도 문을 닫았고, 오픈한 지 6개월밖에 되지 않은
건너편 빵집도 문을 닫았다. 엎친 데 덮친 격으로 우

리 카페를 매일 찾아주던 단골 회사가 다른 곳으로 이사를 가버렸다. 안 그래도 쉽지 않았지만, 상황은 더 나빠지기 시작했다.

매출은 또다시 반 토막이 났다. 어느 날은 손님이 단 한 명도 오지 않아, 아무도 없는 카페 한가운데 넋을 놓고 서 있었다. 왜 이렇게 됐을까 원인을 찾아보려 애썼다. 환경적인 요인은 정말 많았다. 하지만 그건 내가 바꿀 수 없는 요인이었다. 그럼 도대체 뭐가 문제였을까. 결국은 인정하기 싫지만, 내 능력 부족이었다. 변해가는 커피의 흐름을 따라가지 못했고, 바로 옆 프랜차이즈 카페에서 느낄 수 없는 특별함을 제공하지도 못했다. 능력이 부족하면 발로 더 뛰었어야 했는데, 지칠 대로 지친 내겐 그만큼의 힘이 없었다.

물론 아무것도 하지 않은 건 아니다. 내가 할 수 있는 선에서, 부족한 비용과 모자란 실력으로 할 수 있는 건 다 해본 것 같다. 내가 더는 할 수 있는 게 없다고 생각하면서도, 상황을 조금이나마 변화시키기 위해 많은 걸 시도했다. 하지만 거의 모든 시도는 물거품이 됐고, 변하는 건 아무것도 없었다. 웃음 가득했던 카페가 텅 빈 공터처럼 느껴지기 시작했다. 그리고 그 공터를 바라보는 내 마음은 점점 공허해지기 시작했다.

사람들은 그 정도 버텼으면 진짜 오래 버틴 거라고 했다. 이건 내가 어찌할 수 없는 영역이라고 했다. 아마 다른 누가 와도 이걸 되살릴 순 없을 거라고 했다. 그들의 말이 약간의 위로가 되긴 했지만, 그냥 손에서 놓고 싶진 않았다. 애정 가득했던 이 공간을 그렇게 쉽게 놓아버릴 순 없었다.

빠져나가는 비용을 줄이기 위해 허리띠를 졸라맸다. 식대를 줄였고, 고정 비용을 최대한 줄였다. 그래도 상황은 점점 나빠져서 내 주머니에 들어오는 돈이 하나도 없는 날도 있었다. 그래도 버텼다. 하지만 별다른 해결책은 나오지 않았다. 햇빛 하나 들어오지 않는 지하에서 텅 빈 카페를 온종일 바라보고 있어서였을까. 최선을 다한다고 했는데 아무런 변화가 없어서였을까. 한숨이 늘고, 마음이 울적한 날이 늘었다. 답답한 느낌을 지우려 밖에 나가 산책을 하고 돌아오기도 했지만 쉽게 지워지지 않았다.

그러다 어느 순간부터는 이곳을 벗어나야겠다는 생각이 들기 시작했다. 그런 생각을 하는 내가 싫었지만, 이곳에 오래 머무를 수 없겠다는 생각이 들었다. 한때는 너무나 머물고 싶었던 공간이, 어느새 한시라도 빨리 벗어나고 싶은 공간으로 변해있었다. 공간은 그대로인데, 내 마음이 그렇게 변해있었다.

결국, 나는 그 공간을 내려놓았다. 마지막 퇴근을 하면 눈물이 왈칵 쏟아질 거라고 생각했는데 눈물이 나지 않았다. 아마 미련이 없어서였을 것이다.

직접 공간을 운영하는 건 네가 상상하는 것과 차원이 다를 거라던 사장님의 말이 떠올랐다. 그의 말이 맞았다. 그의 말이 틀린 게 아니었음을, 공간을 운영하는 3년 내내 깨달았다. 성성치 못했던 문제는 게속해서 발생했고, 환경이 바뀜에 따라 내 노력이 한순간에 물거품이 되기도 했다. 아무리 최선을 다해도 결과가 변하지 않을 수 있다는 것을, 넘치는 내 의지만으로는 바뀌지 않는 게 있음을 뼈저리게 깨달았다.

7.

꿈이라고 생각했던 게 현실을 만나면 달라질 수도 있다. 꿈은 달콤한 솜사탕 같지만, 현실은 때론 차가운 물 같아서, 현실을 꿈에 끼얹으면 사르르 녹아버릴 수 있다.

시작하기 전에 내가 상상했던 공간은 달콤한 솜사탕 같았고, 3년이 지난 후의 현실 공간은 모든 게 녹아버리고 남은 솜사탕의 막대 같았다. 하지만 난 이 경험을 절대 후회하지 않는다. 해보지 않았으면 절대 깨닫지 못했을 이 수많은 경험과 깊은 고민을 얻은 것만으로도, 내가 겪은 3년에 대한 보상은 충분하다. 결국, 솜사탕은 사라지고 겨우 막대 하나만 남았지만, 그 막대를 쥐어본 것만으로도 넘치는 가치라고 생각한다. 현실의 온도는 상상의 온도와 같지 않다는 걸 배운 것만으로도 3년은 충분히 값어치 있는 시간이었다.

현실을 겪어본 사람들은 잘 알고 있다. 현실이 얼마나 차갑고 냉정해질 수 있는지. 그 현실이 내가 품었던 이상을 얼마나 쉽게 깨뜨릴 수 있는지. 그래서 현실을 겪어본 사람들은 이상을 품고 시작하는 사람들에게 이렇게 말할 것이다. 당신이 생각하는 이상은 거품이라고. 거품이 걷힌 현실은 당신의 생각보다 차가울 거라고.

물론 높은 확률로 그 사람들의 말처럼 될 수도 있다. 하지만 시작하기 전엔 아무도 모른다. 생각했던 대로 현실이 펼쳐질 수도 있고, 생각했던 것과는 정반대로 현실이 흘러갈 수도 있다. 나는 결국 후자에 속했지만, 내 결과가 그랬다고 남의 결과도 똑같으

리란 법은 없다. 그리고 결과가 그렇게 됐다고 해서 내 선택마저 후회하는 건 아니다. 결국, 내 선택을 믿고 직접 해봐야 아는 일이다. 난 여전히 그렇게 믿는다.

공간을 만들겠다며 확신에 차 있던 3년 전의 나를 만나면, 나는 어떤 이야기를 해줄까? 나는 과거의 나 자신에게 그리고 이상을 가득 품고 차가운 현실에 뛰어들고자 하는 누군가에게 이렇게 말해주고 싶다.

"그래, 한번 해 봐. 하지만 네가 생각하는 것만큼 그렇게 쉬운 일은 아닐 거야. 네가 지금 상상하는 것과 실제로 겪을 현실의 온도 차이는 네가 상상하는 것보다 클 수 있어. 그래도 한번 해 봐. 네가 상상하는 미래가 펼쳐질 수도 있는 일이니까. 그게 아니더라도 네가 현실을 겪으며 얻는 깨달음만으로도 충분한 보상이 될 거니까."

「흔히 이상과 현실은 다르다고 말한다. 하지만 해보기 전까지는 그 무엇도 확신할 수 없다. 이상과 같은 현실이 펼쳐질 수도 있고, 상상한 것과 아주 다른 현실이 나를 괴롭힐 수도 있다. 하지만 결국 해봐야 아는 것들이다. 그리고 중요한 건, 결과를 떠나 해봤다는 사실 자체만으로도, 당신은 큰 보상을 받을 거라는 사실이다. 당신은 아무것도 경험하지 않고 모든 걸 안개와도 같은 불안한 영역으로 놔둘 수도 있다. 또는 그 안개 속으로 뛰어들어 당신의 상상 속에 존재하던 그것의 실체를 마주할 수도 있다. 당신은 어떤 길을 선택할 것인가?」

어쩌다 일어난 일이

내 삶을 만드는 걸지도 몰라

1.

 내가 도대체 뭘 잘하는지, 뭘 좋아하는지도 몰라 심적으로 고생하던 시절, 혹시나 내 고민을 해결해 줄 수 있는 사람이 있지 않을까 해서 강연을 들으러 다녔다. 무대 위의 연사들은 모두 다 멋있고 뛰어난 사람들이었다. 애매했던 내 삶과는 달리 그들의 삶은 명확하고 계획적이고 치열했다. 나와 전혀 다른 삶을 살아가고 있는 그들의 강연을 들으며 감탄했다. 나도 그들과 같은 삶을 살고 싶었다. 뭘 해야 할지 몰라 방황하는 삶을 끝내고 싶었다.

 그들에게 더 많은 정보를 얻고 싶어 강연이 끝나면 기회를 놓치지 않고 매번 질문했다. 지금 하는 일을 언제부터 꿈꿨고, 그걸 꿈꾸게 된 계기는 무엇이었으며, 그 꿈을 이루기 위해서 어떤 계획을 세웠는지, 같은 질문을 다른 연사들에게 묻고 또 물었다.

그들은 답엔 공통점이 있었다. 오래전부터 자신의 가슴을 뛰게 만드는 꿈이 있었고, 그 목표에 대한 확신이 있었으며, 그 목표를 위해 세부적인 계획을 세웠다는 것이다. 그리고 계획에 따라 선택하고 경험했으며, 그 경험이 지금의 결과를 만들어냈다는 것이다. 우연으로 가득한 내 삶과 달리 그들의 삶은 인과관계가 정확했다. 그들의 명확한 삶이 부럽기까지 했다. 나도 그들의 삶을 흉내라도 내기 위해 목표를 세우고, 계획을 만들어, 그 계획을 실행하는 삶을 살아야겠다고 다짐했다.

  그렇다면 내가 가장 먼저 할 일은, 늦었지만 지금부터라도 명확한 목표를 세우는 것이었다. 하지만 그들과 달리, 나는 이루고 싶은 것도 없었고, 가슴이 뛰는 일도 없었다. 동기부여가 덜 됐다고 생각해서 또다시 강연을 찾았지만, 그들의 이야기가 가슴이 뛸만한 나만의 무언기를 찾는 것까지 도와줄 순 없었다. 뛰지 않는 가슴에, 내 속만 답답해질 뿐이었다.

2.

"저도 작가가 되고 싶습니다. 작가님은 언제부터 작가를 꿈꿨고, 그 꿈을 이루기 위해 어떻게 하셨나요?"

과거에 내가 타인에게 했던 질문을, 지금은 타인이 내게 던진다. 나는 이 질문을 받을 때마다 늘 고민한다. 질문하는 이가 기대하는 대답은 아닐 테지만 솔직한 대답을 해줘야 할지, 질문하는 이에게 조금이나마 희망을 주기 위해서 거짓말을 해야 할지. 하지만 그 고민은 오래가지 않는다. 그냥 내가 할 수 있는 가장 솔직한 답을 한다.

"솔직히 말씀드리자면 '어쩌다' 됐습니다."

내 대답을 들은 사람들은 웃거나 당황스러워한다. 그리고 이후에 나올 추가적인 대답을 기다리는 눈치를 보낸다. 나도 조금이나마 그들의 기대에 부응하는 답을 하기 위해 말을 보탠다.

"저는 작가가 되고 싶어서 작가가 된 게 아니라 정말 어쩌다 보니 사람들이 작가라고 부르는 사람이 됐습니다. 처음엔 책을 출간하려고 원고를 썼던 것도 아니고, 꼭 작가가 되겠다는 굳은 결심을 하고 글을 썼던 것도 아닙니다. 어쩌다, 정말 어쩌다 이렇게 됐네요."

어쨌든 답은 한결같이 '어쩌다' 작가가 됐다는 이야기로 끝난다. 하지만 그게 진실인 걸 어떻게 하겠는가. 그리고 작가뿐만이 아니라 과거의 어쩌다 벌어진 일들이 지금의 나를 만드는데, 지대한 영향을 미쳤다는 걸 어찌 부정하겠는가.

나는 정말 그랬다. 어쩌다 작가가 됐고, 어쩌다 사람들 앞에서 강연하는 사람이 됐다.

3.

　내가 어쩌다 작가가 됐다는 걸 도대체 어디서부터 설명해야 할까. 그래, 아마 시작은 꿈톡이었을 것이다.

　꿈톡 연사 모임이라는 게 있었다. 꿈톡에서 사람들에게 자신의 이야기와 고민을 공유한, 연사라고 부르기는 조금 모호한 그런 보통 사람들의 모임이었다. 어떤 목적을 가지고 모이는 건 아니었다. 그냥 보고 싶어서, 인연을 이어나가고 싶어서 만나는 모임이었다. 그 모임에서 한 명이 이런 제안을 했다. 우리가 했던 이야기들이 흩어지는 게 너무 아쉽지 않냐고, 우리가 뱉었던 이야기를 글로 엮어보는 게 어떻겠냐고.

　나는 아주 좋은 의견이라고 생각했다. 각자 10페이지 이내로 자신이 했던 이야기를 또는 자신이 살아왔던 삶을 적어보자고 했다. 취합은 내가 할 테니 그 글들이 모이면 제본을 떠서 가지고 있자고 했다. 다들 재밌겠다며 동의했다. 10페이지는 큰 부담도 아니니까 빨리 써보자고 했다.

그때 카페에 앉아 웃고 떠들며 이런 이야기를 할 때만 해도 전혀 예상하지 못했다. 우리들의 이야기가 한 권의 책이 될 거라곤 상상도 하지 못했다.

4.

원고를 다 받은 나는, 목차를 정하고 눈에 띄게 보이는 오탈자를 수정했다. 그렇게 깔끔히 정리된 원고를 보고 있으니 그냥 제본을 떠서 소장하기엔 조금 아깝다는 생각이 들었다. 누구 하나 유명하거나 특별한 사람은 없었지만, 평범한 우리들의 이야기가 내 눈에는 꽤 재밌게 느껴졌기 때문이다. 하지만 출간을 생각하기엔 출간 과정에 대해서 아는 것도 없었고, 특별할 것 없는 이 원고가 책이 될 수 있을 거란 생각은 감히 할 수가 없었다.

그래도 혹시나 하는 생각에 인터넷에 출간 과정을 검색해보니 무수히 많은 경험담이 쏟아졌다. 절차만 두고 봤을 땐, 의외로 어려운 일이 아니었다. 출간기획서와 원고를 쓰고, 그걸 출판사 이메일로 보내면 되는 일이었다. 마치 자기소개서와 이력서를 온라인으로 제출하는 취업과정과 비슷했다.

인터넷 검색만으로는 놓친 부분이 있을지도 모르니, 출간을 경험한 지인에게 연락해서 이것저것을 물어봤다. 그녀는 자신이 출간할 때 만들었던 출판사 이메일 리스트가 있다며, 그 소중한 파일을 내게 보내줬다. 직접 서점에 들러 책의 뒷날개를 일일이 사진으로 찍어가며 만든 소중한 정보였다. 그 이메일 리스트를 주는 것만으로도 모자라 그녀는 자신이 만났던 출판사 대표들에게 따로 연락해보겠다고 했다.

이메일을 보내는데 돈이 드는 것도 아니고 시간이 걸리는 것도 아니었다. 이메일을 보내기 위한 연락처는 준비돼 있었다. 이미 준비해둔 출간기획서와 원고를 이메일로 좀 뿌린다고 해서 잃을 건 하나도 없었다. 그렇다면 가능성이 전혀 없다고 해도, 도전하지 않을 이유가 없었다.

5.

그녀가 준 출판사 이메일 리스트에 있는 모든 출판사에 투고를 시작했다. 큰 기대는 하지 않았지만 내심 최소한 한 곳에서는 연락이 오지 않을까 하는 기대는 했다.

며칠이 지났지만 단 한 곳도 우리의 원고에 관심을 주지 않았다. 그래도 연락이 아직 오지 않은 출판사가 많이 남았으니 조금 더 기다려보기로 했다. 애초에 우리의 목표는 제본이었지 출간은 아니었으니까. 만약 모든 출판사로부터 거절을 당한다고 해도 좌절할 필요는 없었다. 출간을 기대하는 건, 우리의 욕심이었다. 하지만 욕심이 너무 적었던 탓인지 원고를 거부하는 이메일은 계속해서 늘어났고, 거의 모든 출판사로부터 거절을 표하는 회신을 받았다.

이제는 출간에 대한 마음을 접고, 본래의 계획으로 돌아가야겠다고 생각했을 때쯤, 우리에게 이메일 리스트를 줬던 그녀에게서 연락이 왔다. 자신이 연락했던 한 출판사에서 우리의 원고에 관심이 있다는 연락이었다.

나는 어리둥절한 마음으로 그녀가 소개해준 출판사에 연락했고, 긴장되는 마음으로 출판사로 향했고, 얼떨결에 그 자리에서 계약서에 도장을 찍었고, 어쩌다가 제본을 뜨기로 한 우리의 원고는 한 권의 책이 됐다. 그게 첫 출간 경험이었다. 그 경험을 바탕으로 두 번째 책을 냈고, 두 번째 출간 경험을 바탕으로 출판사를 만들었고, 출판사를 통해 두 권의 책을 더 출간하게 됐다. 그러다 보니 사람들이 나를 작가라고 부르게 됐고, 나도 나를 소개할 때 어쩔 수 없이 작가라고 소개하는 꼴이 돼버렸다.

다시 한번 말하지만, 이 모든 건 계획에 없는 일이었다. 작가를 꿈꿔왔던 것도 아니었고, 출간을 위해 매일 글을 써왔던 것도 아니었다. 이건 정말 '어쩌다' 일어난 일이었다.

6.

그렇다면 나는 언제부터, 왜, 어떻게 강연을 하게 된 것일까. 이것도 인과관계를 정확하게 설명할 순 없지만, 아마 여기서부터 이야기를 시작하면 될 것 같다.

출간에 대한 생각과는 달리 강연을 하고 싶다는 생각은 있었다. 대학교에서 가끔 특강을 들으면, 무대 위에서 이야기하는 연사들이 참 멋있어 보였다. 나도 언젠간 내 이야기를 사람들 앞에서 공유하고 싶다고 생각했다. 내가 그들의 이야기에 감동했던 것처럼 나도 누군가에게 감동을 주고 싶다고 생각했다. 언젠가는 그런 사람이 되고 싶다고 생각했다.

하지만 지금 당장 강연을 하기에는 부족한 게 많았다. 저 무대 위에 서 있는, 세상 풍파를 다 겪은 사람들의 경험에 비하면 대학생이었던 내 경험은 너무나 부족했다. 방대한 지식을 뽐내는 그들의 깊이에 비하면 내 생각은 너무 얕았다. 그래서 내가 나이를 먹고 경험도 쌓이고 생각도 깊어지면, 언젠가는 한 번 강연을 해보겠다고 생각했다. 그건 간절한 꿈도 아니었고, 생이 끝나기 전에 꼭 이뤄야 할 목표도 아니었다. 그저 언젠가 한 번쯤은 해보고 싶은 희망 정도였다.

7.

대학 시절 막바지에 하라는 취업 준비는 안 하고 만든 동아리가 하나 있다. 〈고독인〉이라는 동아리다. 고독한 사람들의 모임이 아닌, 고전을 독서하는 사람들의 준말이었다. 딱 봐도 인기 없을 것 같은 동아리에 많은 사람이 몰려들었다. 각지에 있는 대학생들이 앞다퉈 지원했고, 첫 동아리원을 선정하기 위해 며칠을 고민한 끝에 고독인 1기가 출발할 수 있었다.

고독인에 대한 내 애정은 각별했다. 취업, 스펙, 돈이 아니라 행복, 자유, 사랑에 관해 이야기하는 이 모임에 사랑을 쏟지 않을 수가 없었다. 참 많은 책을 읽었다. 플라톤의 〈향연〉, 아리스토텔레스의 〈정치학〉, 마키아벨리의 〈군주론〉, 존 스튜어트 밀의 〈자유론〉 등 혼자라면 절대 읽지 않았을 책들을 읽었다.

솔직히 말하자면 그 책들의 내용은 잘 생각나지 않는다. 누군가 '그래서 그 책의 내용이 뭐요?'라고 물으면 '글쎄, 저도 잘….'이라고 대답할 수밖에 없을 것이다. 하지만 고독인을 하고 나서 얻은 건 지식이 아니었다. 내가 얻은 건, 다양한 친구들과 함께 책을 읽고, 토론하고, 서로 다른 의견을 경청하며 생긴 '새로운 변화'였다. 내 인생에 '질문'이라는 걸 던지기 시작한 것이다.

질문을 던지기 시작했다고 해서 내 인생이 변한 건 아니었다. 졸업은 가까워졌고, 여전히 내 인생에 던진 질문에 대한 답은 찾지 못했다. 그래도 함께 고민할 수 있는 고독인을 만나 '나는 어떻게 살아야 할 것인가?', '내 삶의 목적은 무엇인가?', '나에게 있어 행복은 무엇인가?'와 같은 본질적인 질문을 놓치지 않을 수 있었다. 그리고 그 질문들이 훗날 내가 하게 될 강연 내용을 만들어가고 있다는 걸, 그때는 전혀 알 수 없었다.

8.

'안녕하세요. 저희 학교 강연의 연사로 초대 드리고자 이렇게 메일을 보냅니다.'

처음엔 나를 강연의 청중으로 무료 초대한다는 이야기인 줄 알았다. 그런데 다시 읽어보니 청중이 아니라 연사로 초대한다는 메일이었다. 독서와 관련된 강연을, 고독인을 운영하는 대학생의 시선에서 대학생 청중들에게 해줄 수 있냐는 제안이었다. 그들은 강연 주제가 정해지면 연락을 달라고 했다.

불과 1년 전만 해도, 내가 무슨 강연이냐며, 기회가 들어와도 준비가 돼 있지 않아 거절할 수밖에 없었을 것이다. 하지만 당시의 내게, 주제를 생각할 시간 따윈 필요하지 않았다. 주제는 이미 정해져 있었다. 책을 읽고 서로 다른 의견을 나누는 것의 중요성, 그것을 통해 내 인생에 '질문'을 던지는 게 얼마나 중요한지 말하고 싶었다. 그게 지금의 내가 할 수 있는 가장 진정성 있는 이야기였다. 고독인을 시작하고 나서 주변 사람들에게 항상 해왔던 이야기였고, 기회가 된다면 더 많은 사람에게 말하고 싶었던 이야기였다.

첫 강연은 성공적으로 끝났다. 그렇게 많은 사람 앞에서 내 생각을 이야기한 건 태어나서 처음이었다. 잘난 게 없어 소탈하게 강연했다. 청중에게 눈높이를 낮출 필요가 없었다. 나는 그들의 눈높이에 있었고, 그런 나의 투박한 이야기를 청중들은 귀담아들어줬다. 아주 기분 좋은 떨림이었고, 평생 잊지 못할 감동이었다.

전혀 예상치 못한 일이었다. 대학생 신분으로 이렇게나 많은 대학생 앞에서 강연하게 될 거라곤 꿈에도 몰랐다. 그리고 보잘것없다고 생각했던 내 경험과 생각이, 누군가의 고개를 끄덕거리게 할 줄은 정말 몰랐다.

나도 한 번 강연을 해보고 싶다는 생각은 있었어도, 강연가가 되겠다는 목표를 가지고 그것을 향해 달려간 건 아니었다. 강연을 할 수 있게 된 가장 큰 덕은 고독인 때문이었지만, 강연을 하기 위해서 고독인을 만든 건 아니었다. 고독인을 만들겠다는 내 선택, 독서와 관련해서 이야기를 전달해줄 수 있는 비슷한 나이 또래의 연사를 찾던 한 대학교의 선택, 그리고 인문고전이 열풍이던 시기가 맞물려 우연한 기회가 주어졌을 뿐이다.

그렇게 '어쩌다' 강연을 시작한 나는, 그 이후에도 다른 강연에 종종 초청을 받았다. 그리고 나같이 평범한 사람도 누군가의 앞에서 이야기를 공유할 수 있다는 것에 영향을 받은 탓인지, 평범한 사람들도 자신의 삶을 말할 수 있는 꿈톡이란 걸 만들게 됐고, 그 이후에는 굳이 강연을 가지 않아도 나와 우리의 이야기를 공유할 수 있는 삶을 살 수 있게 됐다.

9.

 작가가 된 것도, 강연을 하게 된 것도 '어쩌다' 한
것이라고 말하면 사람들은 그게 아니라고 말한다.
그래도 원고를 썼고, 고독인이라는 걸 만들었기 때
문에 그런 일이 벌어진 게 아니냐 말한다. 결과만 놓
고 보면 맞는 말이다. 하지만 그중에 단 하나만 빠졌
더라도, 아주 다른 결과가 나올 수 있는 일이다.

 예를 들면, 우리의 이야기를 글로 남겨보자고 했던
한 사람의 제안이 없었다면, 이메일 리스트를 주기
로 한 그녀가 출판사로 연락을 하지 않았다면, 더 거
슬러 올라가 내가 꿈톡이란 걸 시작하지 않았다면,
아마 내가 쓰고 있는 지금 이 글도 없었을 것이다.

 그리고 내가 쓸데없는 짓 좀 그만하라는 주변의 말
을 듣고 고독인이라는 동아리를 만들지 않았더라면,
책을 읽으면서 내 삶에 질문을 던지지 않았더라면,
형편없는 내 강연을 들은 청중들이 야유라도 보냈더

라면, 나는 현재 강연하는 삶을 살지 않았을 것이다.

그래서 두 이야기를 통해 내가 하고 싶은 말은, 인생은 목표와 성취가 전부가 아니라는 것이다. 어쩌다 우연히 주어진 기회 또는 우연한 경험의 반복으로 만들어지는 부분도 많다는 것이다. 꼭 계획적인 선택이 아니라 무심코 했던 순간의 선택들이 내 삶을 만들어갈 수도 있다는 것이다.

남들보다 목적지에 빨리 다다르지 못했다고 해서 조급해하지 않아도 된다. 목적지를 향해 달려가는 남들과 달리 나는 목적지조차 정하지 못했다고 해서 불안해하지 않아도 된다. 어쩌면 삶은, 당신의 계획이 이루지 못한 부분을 우연한 기회로 채워나갈지도 모른다. 당신의 선택들이 만들어낸 우연한 기회가, 당신도 모르는 당신의 목적지로 이끌어가고 있을지 모른다. 어쩌다 일어난 일이, 당신의 인생을 만들어가고 있는지도 모른다.

「주변의 속도에 맞추기 위해 무리한 목표를 만들지 않아도 된다. 그 목표를 달성하기 위해 무리하게 계획을 세우지 않아도 된다. 내가 어디로 향하는지 몰라 불안한 마음에 무리해서 달리지 않아도 된다. 내가 한 모든 선택이 결국엔 나를 어딘가로 이끌어갈 것이라는 믿음을 가지고, 조금만 힘을 빼도 된다. 인생은 여행이니까. 철저히 계획을 세워 출발하는 여행보다 때론 큰 계획 없이 떠도는 여행에서 더 많은 걸 얻을 수도 있는 거니까.」

조언을 해주는 사람의 역할은

조언의 현장에서 끝난다

1.

내가 해봐서 안다는 식으로 말하는 사람들이 있다. 그래, 그렇게 말하는 것까진 괜찮다. 고작 몇 번 해보고 정말 모든 걸 안다고 생각할 수도 있는 일이니까. 그런데 문제는 '내가 그랬으니까 너도 그럴 것'이라는 발상에서 시작된다. 자신의 경험이 타인에게도 똑같이 적용될 거라는 착각에서 비롯된다.

근데 운명의 장난처럼, 내 선택의 결과가 그 사람이 멋대로 내뱉은 말대로 흘러갈 수도 있다. 혹시나 그렇게 된다면 그는 기다렸다는 듯이 이렇게 말할 것이다. '내가 말할 때 제대로 듣지 않더니 내가 그럴 줄 알았다.'

그런 사람들에게 조언을 듣다 보면 위축되기 마련이다. 그렇게 될 줄 알았다고 말하는 사람들이 주변에 많을수록, 나 자신을 믿는 마음이 수그러들기 마련이다. 많은 사람이 타인의 조언에 자신의 꿈을 잃는다. 하마터면 나 또한 그럴 뻔했다.

2.

출판업계에서 일할 계획은 없었다. 심지어 출판사
에 취업하는 게 아니라 직접 출판사를 만들어 운영
할 거라곤 상상하지도 못했다. 하지만 어쩌다 보니
출판사를 만들게 됐고, 아직도 갈 길이 멀지만 즐겁
게 출판사를 운영하고 있다.

출판사를 만들기 전에 책 두 권을 냈다. 누구나 그
렇겠지만 첫 책이 고생 끝에 세상에 나왔을 때의 기
쁨은 이루 말할 수 없었다. 하지만 그 끝은 썩 좋지
않았다. 출간 이후 출판사 대표의 연락이 잘 닿지 않
았고, 인세 지급 날짜가 지났지만 받지 못했다. 문제
를 해결하기 위해 출판사에 계속 연락했지만, 끝까

지 묵묵부답이었다. 공저로 쓴 책이었지만 내가 전체적인 책임을 지고 있던 책이라 다른 저자들에게 미안한 마음이었다. 오히려 저자들이 똥 밟았다고 생각하자며 나를 토닥여 줬다.

두 번째 책은 첫 책처럼 비정상적인 출판사와 계약하지 않았다. 책을 출간하면서 출판사와 충분히 소통할 수 있었고, 출간 이후에도 서로의 의견을 나누며 책을 홍보하기 위해 노력했다. 하지만 약간의 아쉬움이 있었다. 출판사에 대한 아쉬움이라기보다는 내 욕심이었다. 표지 디자인, 본문의 구성, 종이의 재질 등을 내가 원하는 방향으로 선택하고 싶었다. 하지만 그건 내 권한이 아니었다. 물론 의견을 낼 수는 있었지만, 의견을 반영하여 최종적으로 선택하는 건 내가 아닌 출판사였다. 그건 당연한 일이었다. 아쉬움이 남았지만, 내 욕심을 채우자고 출판사에 무리한 요구를 계속할 순 없었다.

만약 책에 대한 모든 권한이 내게 있었다면, 이 책은 어떤 모습을 하고 있을까 생각했다. 상상만으로도 즐거웠다. 그런 생각을 확장하다 보니 다소 무모한 생각까지 하게 됐다. 내 원고를 출판사에 맡기는 게 아니라 내가 직접 책을 만들어 유통하는 건 어떨까 하는 무모한 생각. 하지만 돈도 없고, 경력도 없고, 사업자등록증을 내는 과정조차 제대로 알지 못하는 내가 출판사를 만든다는 건 상상할 수도 없는 일이었다. 평소에 무모해 보이는 일을 잘도 저지르고 다닌다지만, 이건 차원이 다른 무모함이라고 생각했다. 그래서 잠시 그 생각을 접어두기로 했다.

3.

시애틀 여행을 갈 때마다 들르는 곳이 있다. 파이크 플레이스 마켓 초입에 있는 중고 서점이다. 읽을 책을 고르기 위해서 간다기보다, 그 서점에 있는 책의 생김새가 마음에 들어서 간다. 책날개도 없고, 종이는 빛바랜 재생지다. 웬만한 책 내지엔 그림 하나 없고, 글만 빽빽하게 차 있다. 책 크기는 한 손에 잡힐 만큼 그리고 주머니에 쏙 들어갈 만큼 작다. 무게는 정말 가볍다.

국내 서점에서 흔히 볼 수 있는 화려하고 두껍고 무거운 책들과는 달랐다. 누군가는 너무 대충 만들었다고 생각할 수도 있지만, 나는 딱 필요한 본질만 담은 것만 같은 그 느낌이 좋았다. 글 외엔 다른 것에 집중할 수 없게 만드는 그 책의 단순함이 좋았다. 무엇보다도 그 가벼움이 너무나 좋았다. 그래서 읽지도 않을 책을 매년 가방에 담아왔다.

최근에 간 시애틀 여행에서도 어김없이 그 서점에 들렀다. 그리고 읽지도 않을 책 한 권을 집어 들었다. 나는 가볍고 단순한 그 책을 어루만지며, 나도 나중에 책을 낸다면 꼭 이런 책을 만들어야겠다고 다짐했다. 독자들이 내 책을 손에 쥘 때 가볍다는 느낌이 들도록, 겉을 단조롭게 만들고 글에 더 집중할 수 있도록 만들어야겠다고 생각했다.

　그렇게 하기 위해선 역시 내가 출판사를 만들어야
만 했다. 하지만 고작 두 권의 책을 출간한 내게, 그
건 쉽지 않은 일이었다. 비유가 적절할지 모르겠지
만, 동네 뒷동산 몇 번 올라갔다고 히말라야 정상을
밟을 수 있다고 착각하는 것과 같은 느낌이랄까. 그
당시 내게, 출판사를 한다는 건 그런 느낌이었다.

4.

　출판사 사업자를 냈다. 출판사 신고확인증도 만들
었다. 갑자기 그런 선택을 한 건, 출판사를 만드는
것 자체는 전혀 어렵지 않은 일이라는 걸 깨달았기
때문이다. 굳이 용기가 필요한 일도 아니었다. 돈이
드는 것도, 막대한 시간이 드는 것도 아니었다. 누구

나 간편하고 쉽게 만들 수 있는 게 출판사였다. 인터넷에 잠깐 검색만 해봐도 나오는 정보들을 가지고, 구청과 세무서만 들르면 며칠 만에 출판사 사업자를 만들 수 있었다. 그렇게 나는 출판사의 대표가 됐다. 물론 사업자등록증만 가지고 있을 뿐, 책이라는 결과물이 없었기에 유령 회사나 다름없었지만 말이다.

출판사를 만드는 것과 달리, 실제로 책을 만드는 건 꽤 복잡한 일 같아 보였다. 책을 인쇄하는 것까지야 해볼 만하다고 생각했지만, 인쇄된 책을 서점에 유통하는 과정은 상상만으로도 머리가 지끈거렸다. 하지만 급할 건 없었다. 돈을 줄 직원도 없었고, 임차료를 낼 사무실도 없었기 때문에 천천히 원고를 쓰며 준비하면 될 일이었다.

꾸준히 써왔던 원고가 완성될 때쯤, 몇몇 출판사에서 제안이 들어왔다. 나는 고민하기 시작했다. 이 원고를 타 출판사에 맡기는 게 나을지 아니면 대책 없이 만들어놓은 내 출판사에서 출간하는 게 나을지 결정하기가 힘들었다. 출판사를 만들어놓고도 이런 고민을 한다는 게 좀 우습기도 한데, 본격적으로 미지의 세계에 뛰어들자니 아는 게 너무 없었다. 그래서 나는 직접 경험해본 사람들에게 조언을 구해보기로 했다. 그들의 의견을 듣고 다시 한번 판단해보기로 했다.

5.

조언을 구하려면 그 분야에서 먼저 일해본 사람을 찾아가라는 게, 시작을 앞둔 사람들에게 내가 해주는 조언이었다. 그런데 요즘엔 내가 그런 사람들을 수소문해서 직접 찾아갈 필요가 없었다. 온라인에서 수많은 사람의 경험담을 공짜로 들을 수 있었다. 정말 감사하게도 자신이 책을 만들었던 과정, 책을 홍보했던 과정 그리고 책을 판매하는 데 들어간 비용과 성과까지 상세하게 공유해준 사람들이 많았다. 선배의 이야기를 듣는 마음으로 그들의 이야기를 경청했다. 그런데 이야기를 들으면 들을수록 내 자신감은 곤두박질쳤다. 그들 대부분이 이렇게 말했기 때문이다. "출판사 하지 마세요."라고.

출판사를 하지 말아야 할 이유는 많았다. 출판 시장 자체가 좋지 않다고 했다. 독자는 줄어들고 있지만, 책을 내는 출판사는 많아지고 있었다. 수요는 줄고 공급은 늘었다. 책을 판매해서 얻는 수익은 크지 않지만, 책을 홍보하는 데 들어가는 비용은 많다고 했다. 출판사를 하면 안 되는 수십 가지의 이유를 말하는 그들 때문에, 나는 주저하게 됐다.

어느 날은 강연을 갔는데 그곳에서 한 작가님을 만났다. 근황을 묻는 그에게 "책 출간을 준비 중인데, 제가 만든 출판사에서 직접 책을 출간하려고 고민 중입니다."라고 하니 그가 이렇게 말했다.

"1인 출판사 하면 사람들 인식이 좋지 않아요. 저도 1인 출판사 한번 해볼까 했는데 주변에서 말리더라고요. 이름값 떨어진다고. 본인이 직접 출판사 만들어서 출간하면 사람들 인식이 별로래요. 다른 출판사에서 거절당해서 어쩔 수 없이 출간했다고 생각한다던데. 그냥 그 원고 다른 곳에 투고해보는 게 어때요?"

역시나 반대의 목소리였다. 직접 출판사를 경험해본 사람도, 출판사를 해보려다 접은 사람도 모두 반대였다. 그들의 말이 맞을 확률이 높았다. 이렇게나 많은 사람이 반대하는 일이라면, '내 말 안 듣더니 내가 그럴 줄 알았다.'라는 상황이 올 가능성이 컸다.

하지만 반대의 목소리를 들으면 들을수록 직접 해봐야겠다는 생각이 커졌다. 지금까지의 내 인생이 그랬다. 사람들이 반대하는 길로 걸어왔고, 의외로 그 길은 즐거웠다. 물론 고통스러울 때도 있었지만, 그 고통이 나를 죽일 만큼 힘든 적은 없었다. 어떤 선택을 해도 어떻게든 살아간다는 건, 지금까지의 경험만으로도 충분히 알 수 있었다. '출판사를 하겠다는 선택이라고 뭐 다를 거 있겠어. 시원하게 말아 먹으면, 시원하게 다른 거 하면 되지.'라는 생각이었다.

남들이 반대하는 선택을 해서 그들의 말처럼 된다고 할지라도, 내가 직접 부딪혀야 깨달을 수 있는 거니까. 그들이 왜 그렇게 반대했는지, 다들 말리는 길이 얼마나 험한 길인지 내가 경험해보지 않으면 결국 모르는 거니까. 해보지도 않고 상상으로 남기는 것보다는, 처절하게 깨지더라도 현실로 부딪혀 경험으로 남기는 게 더 낫다는 걸, 지금까지의 모든 경험으로 깨달았으니까.

내가 하는 선택이었다. 잘 돼도 내 덕, 안 돼도 내 탓이었다. 에라, 모르겠다. 주변에서 하지 말라는 말이 귀에 잘 들어오지 않는 걸 어쩌겠는가. 나는 하지 말라는 일에 더 뛰어들고 싶은 사람인 걸 어쩌겠는가. 그냥 한 번 뛰어들기로 했다. 출판사라는 미지의 세계로.

6.

출판을 위해서 가장 먼저 할 일은 인쇄소에서 책을 인쇄할 수 있도록, 책의 표지와 내지가 담긴 원본 파일을 넘겨주는 일이었다. 그 원본 파일을 만드는 데 쓰는 프로그램이 있었는데, 이름만 들어봤지 어떻게 쓰는지는 하나도 몰랐다. 내 머리에 있는 건, 대략 이런 식의 책이었으면 좋겠다는 가상의 이미지뿐이었다. 그 가상의 이미지를 실체로 만들기 위해 내가 해야 할 일은 간단했다. 그 프로그램을 배우는 것이었다. 외주를 맡기면 편하지만, 외주를 맡길 만큼 초기 비용이 많지 않았다. 그래서 공부했다. 애초에 내가 기대하던 책이 화려하거나 복잡하지 않아서인지, 그렇게 어려울 건 없었다.

다음은 표지와 내지의 재질을 선정해야 했다. 샘플북이란 게 있는지도 모르고 무작정 서점으로 향했다. 온 서점을 뒤지고 다니며 내가 원하는 종이의 재질로 출간된 책을 찾아다녔다. 시애틀의 중고 서점에서 본, 가볍고 오래된 느낌의 종이 재질을 원했다. 한참을 찾다가 발견한 한 권의 책이 있었다. 내가 정확히 원하는 종이 재질이었다. 이 재질이 뭔지 확인하기 위해 출판사 담당자에게 연락했다. 당황했을 법도 한데, 그분은 내게 종이 재질과 무게까지 친절하게 알려줬다. 너무나 감사한 일이었다.

이로써 인쇄를 위한 모든 게 준비됐다. 원본 파일과 함께 종이 재질, 박 종류, 표지 재질 등을 인쇄소에 넘겼다. 그리고 일주일 뒤, 책 인쇄가 완료됐다는 연락을 받고 곧장 인쇄소로 향했다. 실제로 책을 받아보고 환호성을 질렀다. 내가 상상했던 모습 그대로였다. 원고를 쓰던 과정, 책을 어떻게 출간할지 고민하던 과정, 고민을 끝내고 책을 만들기 위해 뛰어다녔던 과정이 주마등처럼 스쳐 지나갔다. 너무 감격스러웠지만, 아직 갈 길이 멀었다. 이제 남은 일은 이 감격스러운 책을 서점에 유통하는 일이었다.

계약에 필요한 각종 서류와 내 새끼 아니, 내 책을

챙겨 주요 서점의 본사로 향했다. 개인 인감을 챙겨야 하는데 회사의 이름이 새겨진 도장을 챙겨가는 어처구니없는 실수를 하긴 했지만, 크게 문제가 되지는 않았다. 도장이야 다시 파면 되는 일이었다. 어쨌든 우여곡절 끝에 주요 서점들과 계약을 맺을 수 있었다. 그리고 얼마 뒤, 서점에 들렀다. 두근거리는 마음으로 에세이 신간 코너로 갔다. 내 책이 잘 진열돼있는 걸 확인하고 나서야, 드디어 내 책이 나왔다는 사실을 실감할 수 있었다. 가슴이 뛰었다. 전과는 사뭇 다른 느낌이었다. 이렇게 애써 만든 책을, 어떻게든 잘 알려야겠다고 다짐했다.

7.

개인적인 의견이지만, 나는 책을 세상에 알리는 게

출판사의 가장 중요한 역할이라고 생각한다. 책을
만들고 유통하는 것도 물론 중요한 일이지만, 그보
다 더 중요한 건 그 소중한 책을 독자들의 손에 닿게
하는 것이라고 생각한다. 이제부터가 진짜 시작이었
다.

내가 할 수 있는 모든 홍보 수단을 다 동원했다. 무
작정 돈을 쏟아 홍보할 수는 없었기에 효율적이고,
어떻게 하느냐에 따라 가장 효과적일 수도 있는 소
셜미디어를 활용했다. 내겐 참 익숙한 일이었다. 소
셜미디어를 통해 책을 홍보하는 과정이 꿈톡을 운영
하는 과정과 비슷했기 때문이다. 누군가의 '이야기'
를 공유하기 위해 사람을 '모객'하는 행위는, '책'을
독자에게 '판매'하는 행위와 비슷했다. 내가 해왔던
방식대로 책의 내용을 콘텐츠로 재구성해 독자들에
게 홍보했다.

오프라인 서점을 관리하는 것도 소홀히 할 수 없는
일이었다. 물론 서점에 있는 책을 전체적으로 관리
하는 건, 서점의 직원이 하는 일이었다. 하지만 서점

에 들러 직원들에게 인사를 건네고, 독자의 동선을 살피고, 내 책의 진열 상태를 살피는 건 내가 할 일이라고 생각했다. 그게 곧 책의 판매량과 직결된다고 말할 순 없지만, 그 사소한 노력이 큰 변화를 가져다줄 거라 믿고 거의 매일 서점에 들렀다.

매일 판매량을 확인하고, 책을 주문하고, 독자들의 반응을 살피고, 책을 홍보하는 하루가 흘러갔다. 과연 그 결과는 어떻게 됐을까. 출판사를 절대 하지 말라던 누군가의 이야기를 듣지 않은 걸 뼈저리게 후회하고 있었을까, 아니면 역시 듣지 않길 잘했다며 나 자신을 격려하고 있었을까.

8.

매일 판매량을 확인하는 나조차도 믿기 힘든 결과

였다. 첫 책의 판매량은 내 예상을 훌쩍 뛰어넘었다. 큰 출판사의 판매량과 비교할 바는 아니지만, 내 기준에선 작지 않은 목표였다. 덕분에 다음을 기약할 수 있는 수익이 생겼고, 그 이후로 한 권의 책을 더 낼 수 있었다. 그리고 두 번째 책은 예상의 예상을 뛰어넘는 성과를 냈다. 나도, 내 지인들도, 서점의 직원들도 신기하게 여겼다.

돈도 안 되는 1인 출판사를 왜 하냐고 묻던 사람들은 도대체 어떻게 해냈냐고 묻기 시작했다. 더는 조언과 충고를 꺼내지 않았고, 그들의 우려와 걱정은 칭찬으로 바뀌었다. 그들의 반응은 별로 중요하지 않았다. 이 모든 게 내 선택이 낳은 결과라는 게 좋았다. 모든 게 내가 원하는 대로, 내 손에서, 내 의지대로 나왔다는 사실이 너무 좋았다.

어느 강연에서 청중이 물었다. 출판사를 하는 게 쉽지 않은 일일 텐데 후회한 적은 없냐고. 그 질문에 대한 답을 '아니요.'라고 일축할 수 있지만 난 이렇게 이야기했다.

"아니요. 절대 후회하지 않습니다. 오히려 출판사를 하지 않았으면 정말 후회했겠구나 싶어요. 출판사를 한다고 하니까 주변에서 많이들 말렸어요. 자기도 해봤는데 안 된다고 하는 사람들이 정말 많았죠. 그들의 의견을 따랐더라면 정말 뼈저리게 후회했을 것 같아요. 결과가 좋아서만은 아닙니다. 만약 결과가 좋지 않았다 하더라도 결코, 후회하지 않았을 것 같아요. 결국, 그 결과도 제가 선택해서 나온 결과였을 테니까요."

진심이었다. 만약 책이 이만큼 팔리지 않았다면 어땠을까. 출판은 정말 쉽지 않은 일이라는 큰 교훈을 얻었을지언정 큰 후회는 남지 않았을 것이다. 내가 선택한 일이었으니까. 그럼에도 불구하고 한 번 더 도전해 볼 것인지, 이대로 그만둘 것인지 또 다른 선택을 했을 것이다.

어쨌든 나는 그들의 이야기를 듣지 않은 걸 참으로 다행이라 생각한다. 결국엔 안 될 거라는 주변의 수많은 의견을 들었더라면, 내가 해봤는데 절대 안 된

다는 주변의 경험담을 믿었더라면, 다른 출판사와
계약하라는 조언을 따랐더라면, 내게 남는 건 짙은
후회뿐이었을 것이다.

9.

　내가 걷고 있는 길에 대한 확신이 없을 때, 내가 어
느 방향으로 나아가야 할지 몰라 방황할 때, 나는 사
람들에게 조언을 구했다. 수많은 사람을 만나 의견
을 구하고 그들의 충고를 가슴에 담았다. 그런 과정
을 통해 깨달은 게 하나 있다. 조언을 해주는 사람의
역할은 조언의 현장에서 끝난다는 것이다. 아무리
값진 조언을 해주는 사람들도, 내 고민을 그들의 삶
으로 끌어들이진 않는다는 것이다. 결국, 고민을 고
스란히 집으로 가져오는 건 나 자신이었다.

그래서 믿음을 줘야 하는 건 조언자가 아니라 나 자신이다. 타인이 아니라 나 자신을 먼저 믿어야 한다. 타인의 부정적인 의견을 모두 모아도, 내 믿음이 더 크다면, 해봐야 한다. 그들의 의견이 맞을지, 내 믿음이 맞을지 확인해보기 위해서라도 해보는 수밖에 없다.

결과가 처참해도 괜찮다. 처참하게 부서진 조각들을 모아 다음 선택을 하면 된다. 능력이 부족해서 또는 운이 없어서 또 부서진다면, 또 그 조각을 모아 다른 선택을 하면 된다. 계속 반복하다 보면 그동안 주워 모은 조각들이 어떤 형태를 만들고 있을 것이다. 계속해서 나 자신을 믿고, 실천하고, 선택을 반복하다 보면 그 형태가 점점 선명해질 것이다. 그리고 언젠가는 만나게 될 것이다. 내가 진심으로 좋아하거나 내가 정말 잘하는 일이라고 말할 수 있는 그 무언가를.

「내 선택에 도움을 얻고자 구하는 조언이 때론 내 선택을 방해하기도 한다. 내 꿈을 돕고자 하는 그들의 충고가 때론 내 꿈을 짓밟기도 한다. 타인의 조언과 충고보다 중요한 건, 내 선택에 대한 믿음이다. 중요한 건, 옳은 선택을 하는 게 아니라 '내' 선택을 하는 것이다. 내 삶에, 내 선택이 가득하다면, 비로소 나는 이렇게 말할 수 있을 것이다. 나는 참 행복한 삶을 살고 있다고.」

나가면서

1.

내 삶은 마치 정확한 기간과 목적지를 정하지 않은 여행 같았다. 어느 여행지는 잠시도 견딜 수 없어 빨리 떠나고 싶은 곳이었다. 어느 여행지에선 걷는 게 고통스러웠지만 이를 악물고 버텨보기도 했다. 어느 여행지에선 길을 잃어 내가 어디쯤인지 감을 잡기조차 힘들었다. 그래도 머물고 싶은 곳을 찾을 때까지 길 위에서 계속 방황했다. 그 과정이 즐거울 때도 있었지만, 때론 고통스러워 모든 걸 내려놓고 싶을 때도 있었다.

그 모든 발걸음이 모여 지금 내가 걷고 있는 길을 만들었다. 나만의 목적지를 찾기 위해 걸었던 모든 길이, 지금의 내 삶을 이루고 있다.

2.

내 길을 찾기 위한 여행을 하며 깨달은 게 몇 가지 있다. 하나는, 지금의 내 삶은 지금까지 해왔던 내 선택들이 만든다는 것이다. 지금 생각해보면 참 놀라운 일이다. 전혀 연결되지 않을 것만 같았던 선택들이 모여, 지금의 나란 사람을 만들고 있기 때문이다. 호주에서의 청소부 경험이, 은행 청원경찰에서의 경험이, 돈 안 되면 망할 거라고 무시 받던 꿈 톡이, 일일이 언급하기엔 너무 많아 이 책에 다 남지 못한 내 모든 선택이, 지금의 내 삶을 만들었다. 그 순간엔 바람에 흔들리는 얇은 가지 같았던 경험들이, 전체를 두고 보니 서로 얽혀 내 삶을 뿌리처럼 지탱해주고 있었다. 틀린 선택은 없었다. 결국엔 모든 것이 옳은 선택이었다. 내 선택들이 지금의 내 삶을 만들었고, 앞으로도 그럴 것이다.

다른 하나는, 모든 선택에는 책임이 따른다는 것이

다. 그리고 그 책임은 아무리 고통스러워도 내가 짊어져야 한다는 것이다. 설령 책임을 진 어깨가 으스러지는 한이 있더라도 최대한 그 고통을 감내해야 한다는 것이다. 이 중요한 사실을 너무나 늦게 깨달았다. 아직 책임질 준비가 되지 않은 상태에서의 선택은, 내 삶을 뒤흔들었다. 줄어가는 잔고에, 부모님의 걱정에, 주변 지인들의 조언에 수없이 흔들렸다. 책임이 무거워 때론 내 선택을 후회했고, 책임을 회피하기 위해 섣부른 선택을 하기도 했다. 물론 그런 선택의 끝이 좋을 리가 없었다. 이 모든 건, 자유라는 이름에 취해 책임에는 무심했던 벌이었다. 오랫동안 벌을 받은 끝에, 선택에 대한 책임은 온전히 내 몫이라는 걸 깨달았다. 아무리 무거워도 내 두 다리로 견뎌내야 하는 것이었다. 선택과 책임을 반복하는 사이, 책임을 견뎌낼 수 있는 내 힘은 점점 커졌고, 예전엔 무겁게만 느껴졌던 선택들이 비교적 가볍게 느껴지기 시작했다. 내가 선택할 수 있는 영역도 넓어졌고, 내가 나아갈 길을 전보다 쉽게 선택할 수 있었다.

　내가 앞으로 어떤 선택을 하며 살아갈지 예측할 수는 없다. 군이 예측할 필요도 없다. 그저 선택하고, 그 결과에 대해 온전히 책임지려 최선을 다하면 되는 것이다. 선택과 책임의 반복을 통해 내 길을 만들어 나가면 되는 것이다. 그게 지금까지의 여행에서 얻은 소중한 깨달음이다.

3.

　많은 사람이 묻는다. 내가 잘 하고 있는 건지 잘 모르겠다고. 내가 뭘 잘하는지, 뭘 좋아하는지 도무지 모르겠다고. 도대체 어떻게 해야 그걸 찾을 수 있냐고.

　이 질문은 내게도 정말이지 풀릴 것 같지 않은, 인

생 최대의 난제였다. 너무 답답한 나머지 누군가가 공식이라도 만들어주면 좋겠다고 생각한 적도 있다. 그 공식에 나라는 사람을 대입하면 내 미래가 저절로 설계되기를 바랐던 적도 있다. 한참이 지나서야 깨달았다. 그런 공식은 존재하지 않는다는 걸. 애초에 질문부터가 잘못됐다는 걸.

찾는 게 아니라 만들어야 하는 것이었다. 중요한 건, 내가 잘하고 좋아하는 것을 만들기 위해 지금 당장 내가 할 수 있는 무언가를 '선택'하는 것이었다. 선택하고, 부딪히고, 깨지는 과정을 통해 나만의 길을 만들어가는 것이었다. 언젠가는 내가 찍은 점들이 선을 만들고, 이 선들이 모여 나만의 고유한 도형이 될 거라 믿는 게 중요한 것이었다. 타인의 의견을 믿기보다는 내 선택을 믿고, 계속해서 나만의 점을 찍어나가는 게 중요한 것이었다.

그 과정이 쉽지 않다는 걸 누구보다 잘 안다. 내가 찍은 점들이 도무지 연결되지 않을 것 같을 때 생기는 불안의 크기도 잘 안다. 그 시간이 길면 길어질수록 모든 걸 내려놓고 싶다는 생각이 들 수도 있다.

하지만 나는 믿는다. 가까이서 보면 깜깜한 어둠이지만, 멀리서 보면 아름다운 숲을 이루고 있을 거라 믿는다. 내가 걸어왔던 모든 길이 지금의 나를 만들었다고 말할 순간이 올 거라 믿는다.

결국, 당신의 모든 선택이 당신의 삶을 더 나은 곳으로 이끌어가고 있다고, 나는 믿는다.

"결국,

당신의 모든 선택이 당신의 삶을

더 나은 곳으로 이끌어가고 있다고,

나는 믿는다."

내가 잘 하고 있는 건지 잘 모르겠습니다

초판 1쇄 발행 2020년 10월 21일

지은이 강주원
펴낸이 강주원
펴낸곳 비로소

이메일 biroso_publisher@naver.com
인스타그램 @biroso_publisher

등록번호 2019년 9월 10일(제2019-000030호)

ISBN 979-11-966565-5-3 03810